Une heure d'oubli...

0,45

HENRI BARBUSSE

L'illusion

Ernest Flammarion, éditeur

N° 21

HENRI BARBUSSE

L'Illusion

PARIS
ERNEST FLAMMARION, ÉDITEUR
26, RUE RACINE, 26

L'Illusion

Quoique il dût faire encore jour, il n'y avait plus de soleil. Le brouillard et la pluie bretonne nous avaient surpris au milieu d'une excursion en pleine mer. Il nous semblait que la pluie fût tombée ainsi depuis la création du monde, et du pont humide du bateau qui tirait des bordées le long de la côte, nos visages regardaient aveuglément au loin...

Notre ami Saintclair, qui avait un doux regard sous son capuchon de toile cirée, désigna, avec l'aile ruisselante de son geste, la côte basse et noyée, à peine visible dans l'espace :

— C'est La Chapelle, dit-il. Quand j'étais enfant, je passais mes vacances sur cette dune alors ensoleillée et pleine d'été...

Et à sa voix, comme un groupe de naufragés jetés au fond de cette longue barque de brouillard, nous levâmes malgré nous nos yeux perdus vers le miracle du soleil qu'il évoquait.

Le vent nous obligeait à décrire de longs circuits pour nous éloigner peu à peu de la côte qui s'étend entre l'anse de Malen et le phare du Pouldu. Une manœuvre fit tourner le bateau ; un souffle nous fouetta la figure ; la grand' voile battit le long du mât, puis nous recommençâmes à fuir en sens inverse, pauvres voyageurs éternels du gris. Le vrai soir tomba, et comme nous nous étions rapprochés tous les trois, solitaires, sans avenir, à cause de cette pénombre, le vent suspendit son bourdonnement éternel, et s'enfonça dans le silence.

La voix du capitaine Hublot ordonna d'allumer le falot. Au loin, vers La Chapelle, on distinguait une église, des maisons, que le couchant morne et fumeux jaunissait dans le déluge. Tout près, la lueur du falot tremblait sur l'inconnu de la mer.

*
* *

C'est alors que Saintclair nous raconta une histoire d'enfance, que tout, autour de nous, nous aida à comprendre.

Au commencement, dit-il, comme dans la Bible, quand je pense profondément à moi, je me vois errer tout seul pendant d'interminables journées dans ce village qui ressemblait à tous les villages, mais qui, pour moi, avait une figure.

Je faisais mes études au collège, à Rennes, où je suis né d'un père normand et d'une pauvre mère bretonne... Orphelin depuis l'année de ma sixième, au milieu de laquelle j'étais revenu parmi mes camarades, grandi et pâli après la dernière maladie de mon père, j'avais pour tuteur un gros commerçant de la ville, jadis en affaires avec ma famille. Il s'occupait honnêtement de moi le long de l'année. Pendant août et septembre, il m'envoyait ici — là-bas — chez ma vieille tante maternelle ; elle est morte à la fin de l'année dont je vais vous parler : sa figure d'alors est sa figure de toujours...

La bonne dame aimait à rêver dans la salle basse de sa maison demi-bourgeoise qui donnait sur un chemin, puis sur des champs, par deux petites fenêtres mal ajustées, et, à l'opposé, sur une rue du village, par une grande baie triste à ancien encadrement ogival. Ce village dont je vous ai montré du doigt tout à l'heure, au loin, le fantôme, était en haut d'un plateau qui venait mourir sur la dune. De la dune au village, un chemin montait ; on l'appelait le chemin des Tamaris ; on l'appelle encore ainsi sans doute, car les habitudes des villages sont bien tranquilles. Je revois ce chemin — le soir, — étroit, raide, pesant, où souvent les vieilles glaneuses crépusculaires laissaient tomber un peu d'or, comme pour de plus pauvres qu'elles.. Je le revois aussi à l'aube, pur et blanc dans la fraîcheur vivante où j'allais non sans émotion, car à la pointe du jour, avant que les hommes ne soient tout à fait réveillés, les choses sont presque comme des anges.

Ma tante n'astreignait pas à sa vie sédentaire et abandonnée dans une chambre, la jeune âme de douze ans que j'étais. Je ne possédais pourtant pas un caractère remuant ni joueur, mais j'ai toujours eu — et cela est triste pour un être vivant — besoin de liberté. Très contemplatif, d'une contemplation qui tournait en mélancolie, avec mon cou frêle, ma figure de fille, j'étais ébranlé par le spectacle des choses, j'aurais voulu faire des statues effrayantes, et il m'a fallu du temps pour comprendre qu'il n'y a rien de plus effrayant que de raconter doucement et scrupuleusement la vie. Au surplus je n'avais pas beaucoup vécu : je n'avais pour trésor, au fond de moi, que le souvenir mourant de mes parents, de quelques amitiés et maisons quittées, que le sourire de ma vieille tante, sourire que je savais toujours là, à m'attendre ; et cette espèce de gloire qui m'a dévoué trop jeune, trop seul, c'est-à-dire trop pauvre, hélas, au martyre de contempler.

*
* *

Un soir que je faisais une commission au village, je rencontrai une petite fille angélique dans l'ombre d'une boutique de mercière. Sur le fond de casiers en bois noir et de cartons sombres qui se dressaient le long des murs, assise sur un escabeau, elle attendait sa mère, une moitié de la figure éclairée par le ciel...

Le lendemain, à l'heure brûlante et ensoleillée où l'on rentre déjeuner, je vis la même petite fille s'avancer vers moi, sur le tiède sable croulant, le long de la mer qui lançait de doux éclairs. Elle avait de grands yeux bruns, mais d'un brun glauque, profond, sous-marin. Ses cheveux d'or revenaient comme un voile sur un côté de son blanc visage ; son front brillait comme une grande perle. Le soleil, qui était juste derrière elle, faisait une ligne dorée tout autour de sa tête, et jusque dans ses mains qui pendaient le long de sa jupe marron, avait mis sa vie pure. Je lui dis bonjour en touchant mon béret. Elle me sourit et je m'étonnai de ce sourire.

Comme le village de La Chapelle n'était pas fréquenté, ainsi qu'il l'est maintenant, sans doute, par des touristes ou des baigneurs, il était très naturel que ses rares habitants de passage se rencontrassent souvent. C'est ce qui arriva pour moi et la petite fée humaine. Nous nous considérâmes, puis nous échangeâmes quelques mots, puis nous nous interrogeâmes. Son histoire était plus simple encore que la mienne : elle habitait Paris, l'hiver ; elle était venue pour quelque temps avec sa mère ; elle avait un grand frère, parti en colère il y avait longtemps, et qui reviendrait peut-être un jour... Elle n'était pas venue l'année précédente. Retournerait-elle l'année suivante ? Elle ne savait pas : sa mère non plus ; personne au monde ne savait.

Nous nous habituâmes à sortir tous les deux. A vrai dire, je ne comprends pas très bien, maintenant que j'y réfléchis, comment on pût laisser partir seule cette petite fille dans un pays accidenté et dangereux par endroits. Après tout, il y avait peut-être quelqu'un qui nous suivait parfois, mais je ne me rappelle plus...

Peu à peu, il s'établit entre moi et l'enfantine jeune fille, une grande et frissonnante amitié. Ce fut d'abord, de mon côté, de l'admiration. Elle me paraissait si belle et si lointaine, cette petite bouche avait des paroles si grandes, un silence si vaste ! Elle souriait gravement, ce qui est doublement sourire. Je la regardais longtemps. Je l'écoutais. Elle parlait peu, quoique sa voix fût fine ; il semblait qu'elle ne fît entendre cette petite voix que lorsqu'elle avait trouvé quelque chose digne d'être mis en musique. Et tout en elle, jusqu'à son souffle, me charmait.

Bien souvent, dans la plaine, je l'attendis avec ravissement, et parfois, à l'heure où le jour décline, dans un décor d'herbe morne et de chaumière grise, je l'aperçus, émergeant d'un ravin sombre, dorée, et comme égarée d'un scintillant jardin, et le jour semblait quitter sa tête plus lentement que le monde...

Nous habitions, probablement, non loin l'un de l'autre. Nous rentrions ensemble au fond de la brune tiède, mordorée et heureuse. Nous montions le chemin des tamaris qui, en haut, s'élargissait en avenue, et nous nous avancions sous l'immense dôme de peupliers vermeils au soir et dans un alignement religieux. Si je tournais et baissais la tête vers elle, je voyais ses cheveux rougis par les rayons horizontaux et poudroyants qui enfilaient l'avenue. Elle cheminait à côté de moi, docile, toute puissante, telle qu'elle m'apparaît à présent dans les cieux inaccessibles du passé avec, autour d'elle, la pudeur infinie de son nom oublié...

Saintclair s'arrêta. Nous devenions indistincts les uns aux autres, la place de la figure plus sinistre dans l'ombre. Il était là, en face de moi, les bras croisés, immobile comme s'il s'était tu depuis longtemps.

Du froid tombait avec la nuit sur le bateau, et finissait par nous secouer avec son calme. Nous nous levâmes et nous nous réfugiâmes dans l'étroite cabine, où nous nous trouvions un instant après, serrés, dans l'éclairement jaune de la lampe fixée à la paroi, et dont nous avions par instants, dans les yeux, la flamme brillante et le réflecteur, et Saintclair continua, nous donnant doucement ce qu'il voyait :

*
* *

C'est comme un vrai rêve : je le sais sans le savoir ; j'y crois... Les maisons de la grande rue me connaissaient, et chacune avait l'air de s'avancer avec moi quand je passais. Un boutiquier du coin de la place avait fait peindre sur son enseigne quelque chose d'extraordinaire, mais je ne sais plus quoi... Il y a bien longtemps, bien longtemps, de cette époque ; les femmes des villes portaient des coiffures qui paraîtraient tout à fait surannées aujourd'hui, et tous les rires d'enfant que nous entendions sont devenus des malheurs !

Je vois mal, mais je vois au loin, parmi tous ces souvenirs qui sont à présent si fatigués, un vague et grand bonheur, un don de comprendre et d'admirer, à cause de la petite main mignonne que je tenais dans ma main... Tout s'ouvrait à mes yeux. Les choses quotidiennes me montraient leur trésor quotidien ; je découvrais d'admirables simplicités : je sentais auprès d'elle, que la terre est profonde, et qu'en somme, au-dessus de nos têtes, les cieux sont toujours grands ouverts.

Bien des jours, côte à côte, tandis que les bonnes gens se demandaient peut-être ce que nous pouvions bien ne pas nous dire, nos pensées se purifiaient, montaient ; nous ressentions confusément les grands préludes des choses qui ne sont pas faites pour s'achever en ce monde. Puis notre attention se précisait, descendait amicalement sur les choses, puis sur les êtres : notre cœur, béni — bénissait.

Nous connaissions quelques pêcheurs, quelques bonnes femmes ; parmi elles, une vieille dame, la sœur du curé. Cette dame qui fait partie de l'histoire à laquelle j'arrive sans en avoir l'air, — comme dans la vie, — était la dévote du lieu. Elle regardait loin devant elle. Elle avait une voix de cantique qui, semblait-il, n'oubliait jamais complètement le bon Dieu.

Sa maison était, avec deux ou trois fermes, la seule qui fût bâtie en pleine dune, à la place où s'élevait jadis, dit-on, l'ancien village envahi par les sables. Le vent, à cet endroit, battait les ajoncs comme, plus bas, le flot battait les roches ; mais la maison entourée d'un enclos, puis d'un mur, était si tranquille et si close qu'elle avait, elle aussi, avec l'église, un lien de ressemblance et de parenté.

Nous ne passions devant cette demeure qu'avec respect et appréhension. C'était un endroit si sage qu'il était défendu. Et pourtant la dame solitaire qui l'habitait était pour nous comme une vieille sœur parmi les autres ; elle adorait, et nous aussi nous adorions...

Autant qu'on peut être sûr de ce qui n'est plus, j'ose dire que j'ai aimé ma petite compagne et qu'elle m'a aimé. Que nos douze ans ne vous fassent pas sourire. On ne peut pas comprendre de quelle douceur démesurée est plein un cœur d'enfant. Pourquoi des enfants ne s'aimeraient-ils pas ? Qui pourrait assigner un âge aux signes les plus mystérieux de l'amour : à cette sensation de renouvellement universel qui fait que le soleil lui-même semble s'être illuminé, à ce frisson qu'on éprouve, quand on voit ce que l'on trouve beau se diviniser d caresse !...

Est-il besoin de le dire ? Notre amour qui s'exprimait en vague enthousiasme ne se nomma jamais. Nous avons su que nous aimions beaucoup sans savoir que nous nous aimions. Nous étions d'ailleurs ignorants et ingénus : elle bien que fort subtile, moi bien que mûri d'esprit, nous ne connaissions rien de la vie.

...Bientôt un changement se montra dans notre allure. Nous fûmes vis-à-vis des autres plus silencieux, plus méfiants, plus rebelles. Lorsque je regagnais la demeure de ma tante, quand la porte que j'ouvrais jetait un reflet sur le bahut enfumé aux ferrures de cuivre, il me semblait que j'étais encore dans son regard, et que cela devait se voir ; et, gêné devant ma tante, cette étrangère, je m'y repliais à l'écart, comme dans une aile.

...Une fois, un matin, dans un chemin vieux comme le monde, elle me retint de ses deux mains et se haussant vers moi, elle m'embrassa avec la ligne de ses lèvres. Une autre fois que je m'étais piqué au doigt, elle dit : notre sang.

Notre amour fut vite plus inquiet, plus tremblant, plus grave. Parfois, il nous arriva de rester longuement muets, mêlant nos doigts de mille façons pour mieux mêler nos mains, ou, assis sur la plage, sans nous regarder, abîmant brutalement avec nos dents, les fleurs qu'ensemble nous avions cueillies, en creusant d'une main crispée le sable stérile de la grève.

*
* *

Un jour, août finissait... A un déclin de lourd après-midi, entre moi et celle qui n'avait été jusque-là que ma sœur, il y eut comme un premier frisson terrestre. Sur la dune que le soleil illuminait et que l'herbe et les fleurs ornaient de leurs rayons moirés, une colline proche étendait sur nous un manteau auguste d'ombre. Nous nous regardions, ignorants, suppliants. Son visage, si perdu maintenant, avait des yeux cernés, et des perles de sueur au front. Elle était adossée debout, contre un contrefort herbeux, la tête appuyée en arrière. J'étais assis en face d'elle. Peut-être à cause de la lumière encore éclatante d'alentour, nous sentions plus profondément que jamais, la volupté d'être cachés. Je fixais ses petits pieds — sur le bord du soleil, — parmi les fleurs, ses petits pieds poétiques ; mais le sang me bourdonnait aux tempes et mes yeux, malgré eux, voyaient ces pieds charnels, remontaient aveuglément parmi toute la personne de mal et d'inconnu, dans l'ombre de la jupe ; plus encore, vers l'ombre d'un cœur parmi la chair... Nous étions là, en détresse, écrasés d'ignorance, mais en proie au grand besoin indistinct de désobéir.

Comme je baissais la tête, j'aperçus, par terre sa poupée.

Cette poupée ne ressemblait pas physiquement aux autres poupées, elle était, elle et sa robe en bois bruni et sculpté ; elle avait les bras collés le long du corps, une attitude raide et de larges pieds. Mais son âme était celle de toutes les poupées ; depuis des années, la petite chose vivante avait recueilli le passé que l'enfant lui racontait, passé de nativité, de berceau et de portes blanches qui s'ouvrent avec joie, pensées ingénues, douceur à peine mûrie, caresses ne voulant que tenir chaud. C'était bien la vraie poupée d'enfance, la toute petite créature avec son innocence grande comme l'aurore, par qui le mystère maternel ne montre que son sourire, la fleur qui ne sait pas le secret qui fait les fleurs.

A la vue de la poupée, je sentis monter en mon esprit tourmenté une haine éperdue de l'enfance, un besoin de briser le passé derrière nous, pour renaître.

Elle gisait à terre, déjà très abîmée, très usée par la longue caresse ; et je dis : « Elle est morte ! » — et je répétai : « Elle est morte ! »

C'est alors que, dans l'état où nous nous trouvions, tentés par ce que contient de défendu l'idée de la mort et de l'ombre, il nous prit l'envie invincible que la poupée fût en effet, morte, et qu'il fallait l'ensevelir, une nuit.

Nous ensevelîmes la poupée, la nuit même, qui fut étrange et douloureuse.

Chacun chez nous, nous nous levâmes, nous arrachant aux tièdes approches du sommeil. Nous nous vêtîmes, et à tâtons, poussant les portes qui ne résistèrent point, nous quittâmes l'un vers l'autre les deux maisons où dormaient nos parents innocents, et nous nous rejoignîmes dans les ténèbres.

J'étais à sa porte. Nous nous reconnûmes avec hésitation, angoissés parce que nous étions changés, et parce que nous étions les mêmes. Nous ne savions pas ce que nous faisions ; nous étions effrayés d'avoir osé entreprendre notre rêve et de le poursuivre pas à pas ; mais nous étions emportés dans la soif de mal faire ensemble, de commettre un péché seul à seule, afin de tenir l'un à l'autre par une sorte de profondeur.

Elle me présenta la morte, et je distinguai une longue forme blanchâtre, enveloppée dans quelque linge — mais elle voulut absolument la porter elle-même, fiévreuse pourtant, haletante, pleine de la peur de la mort.

Nous descendîmes la rue du village, la solitude et le calme rendaient nos pas très sonores, de sorte que nous avions l'impression que les choses écoutaient. Cela pressa notre marche. Après la ferme du coteau (des souvenirs défunts ressuscitent ce soir), elle s'engagea sur le sentier des tamaris, où je descendis à sa suite. Elle allait comme éplorée à la fois et résolue — et je la voyais de temps en temps se pencher sur l'informe poupée bien-aimée...

Puis le sentier s'épanouit dans la dune. Comme elle me devançait de quelques pas, elle m'attendit en bas se retournant, fantôme vague avec un sourire invisible. Sa main brûlante et tremblante se joignit à la mienne, elle m'entraîna et, dans notre paradis terrestre du jour, nous allâmes, nous serrant de plus en plus, comme un couple chassé. La mer qui formait à notre droite, dans la nuit, deux ou trois grandes lignes brillantes, avait une plainte qui approfondissait encore plus que là-haut, le silence, le silence sublime, profond, qui est la musique de la vérité.

Nous atteignîmes, marchant toujours droit devant

nous, le long des grèves où le vent commençait à se soulever, à se déchaîner — un mur entourant une maison dont on voyait dépasser le front à la lueur stellaire. C'était le jardin de la vieille dévote dont je vous ai parlé... Nous nous arrêtâmes enfin ; la même idée nous vînt. Il fallait violer cette demeure un peu sacrée, troubler ce benoît sommeil, de notre présence criminelle, y enterrer la morte...

Nous franchîmes, je ne sais comment, le mur. De l'autre côté, dans la jardin, le bruit de la mer s'était éloigné à l'infini, et nous nous trouvâmes entre les frissons du vent, de plus en plus seuls. Mes mains aveugles touchèrent la margelle et la ferrure d'un puits et, un peu plus loin, dans l'opacité des ténèbres, une cabane de planches dont la porte traînait, l'épaule disjointe. Des instruments de jardinage y étaient remisés, je remuai ces décombres et en soulevai, tendant les bras, une bêche. J'attaquai le sol, n'importe où. Elle eut un rire sec, presque méchant, quand elle devina que j'abîmais le jardin qui n'était pas à nous ; puis, elle se tût.

Mes yeux qui essayaient de fouiller la terre avec la bêche, se levèrent ; je voyais un peu mieux. Au pied du sombre mur, émergeant à peine distinctement dans l'aurore des étoiles, elle regardait, brillait, blême et bleue, et ses lèvres brillaient comme ses yeux. Elle tenait la petite créature et, me penchant vers elle, essayant de voir, il me sembla que dans un frisson de haine et d'amour, elle lui serrait le cou de ses doigts d'ange.

Quand j'eus creusé, elle posa le cadavre dans l'eau miroitante au fond du trou, afin qu'il fût mangé par la terre que je rejetai par-dessus.

C'était fini, elle s'assit sur un tronc d'arbre abattu qui était là. Je me mis à genoux près d'elle pour mieux la voir. J'approchai ma figure de la sienne qu'il me sembla découvrir pour la première fois, tragique.

Oui, quelqu'un ou quelque chose était mort, il y avait

entre nous un vide nouveau qui s'élargissait, nous préparant un vertige. Elle me serra le poignet de toutes ses forces, et nous nous étreignîmes l'un l'autre, nous demandant comment les hommes se fouillent pour se trouver le cœur...

Ce soir, aventurés près de la mort et comme abandonnés de nos parents, nous entrevîmes que notre vie était plus grande qu'avant, nous pressentîmes qu'il y avait des crimes qu'on nous cachait, et qui se traînent dans des lits de ténèbres, nous devinâmes quelque immense plaie humaine, et elle apparut à mes yeux, le temps d'un éclair, femme éternelle, saignante, et le cœur aux lèvres.

Puis, pauvres petits promeneurs du froid, nous avons eu peur d'un enfer. Nous nous sommes levés ; j'ai lancé la bêche à travers le jardin ; nous avons poussé la porte, et, la laissant ouverte derrière nous, nous sommes sortis de l'enclos profane où nous avions à moitié perçu le cri des hommes et des femmes.

Ce fut septembre, la pluie ; et quoique l'heure de la séparation approchât, nous dûmes rester enfermés chez nous sans nous voir, à cause des chemins impraticables.

Oh ! bien des fois, le front aux carreaux, dans les jours de plus en plus courts, je pensai à elle en présence du ciel uniformément gris, de la pluie qui tombait sans discontinuer, de toute la dune détrempée, balayée par les larges brises marines. Sur la route, des parapluies qui filaient, des voix confuses dans la bruine et les flaques, et, de temps en temps, les bonnes charettes qui passaient en parlant aux vitres...

Déjà s'emplissaient les malles pour le départ, se dénudait ma chambre où rôdaient la femme de ménage et ma tante, fraternelles à mes yeux comme si ma candeur d'enfant récompensait la vieille servante, et qui sont à présent deux ombres tout à fait semblables, car vous l'ai-je déjà dit ? elles devaient toutes deux mourir dans cette année-là. J'entrais dans la cuisine, pleine d'une buée, puis je revenais dans la grande chambre, mal meublée d'un buffet et de rangées de chaises, toute triste aussi, comme si elle était un monde. Et machinalement, je retournais vers la fenêtre. Oh ! bien souvent aussi, je voulais prendre mon capuchon d'écolier, sortir à la pluie, je voulais aller vers elle errante aussi parmi une chambre. Puis, lorsque le soir emportait à jamais la journée, j'avais envie de pleurer dans un coin, pleurer tout le temps perdu et tout le temps qui se perdait. Je m'imaginais que c'en était fait, que tout finirait avec cette saison déclinante, que je ne la rencontrerais plus qu'une fois, à la hâte en costume de voyage, et que dans l'oppression du départ, je la regarderais sans la voir.

...Nous nous revîmes pourtant. Je me souviens de notre promenade d'éclaircie, presque la dernière de toutes. La mer, au loin s'étendait jaune. Un long vent doux passait sur l'étendue consolée ; la brise de terre était une odeur humble d'herbe qui venait caresser la grande amertume de la mer.

Des inquiétudes d'amour, nos troubles s'étaient comme élargis et pardonnés. Je l'aimais plus saintement qu'une sainte, plus timidement qu'à la première apparition d'elle... Je ne puis vous décrire ses traits. Je sais qu'elle avait ce soir-là un fichu de laine noire noué dans le dos et un grand chapeau de crêpe noir, à larges bords ; je sais aussi que nous allâmes du côté du petit bois, sur les sentiers de sable, de boue et de feuilles mortes, encensés par l'automne.

Nous parlâmes de l'année suivante. Nous essayâmes d'engager l'avenir avec nos volontés. Mais, et c'était là notre mal, un grand pressentiment que tout était fini venait après chacune de nos phrases l'effacer, la rendre inutile : Nous ne nous reverrions plus. Au retour elle s'assit sur un débris de monument druidique, et moi, accroupi non loin d'elle, je m'occupai à graver une lettre, la sienne, sans doute, — laquelle ? — sur la pierre préhistorique. La tête haute, elle regardait droit devant elle, et, tout à coup, je vis ses yeux briller puis se refermer, pleins de douceur et de larmes. Elle était pâle, très fine avec sa délicatesse surhumaine, son grand chapeau noir. De jour en jour, j'avais plus peur de l'admirer, et cet après-midi suprême, je la laissai un peu à l'écart, sacrée, avec les perles de ses pleurs...

Puis nous revînmes comme si nous avions perdu notre destin. Avec sa voix claire, elle chercha une petite chanson, le long de la route. Je me souviens des paroles et de l'air. Je la répète parfois quand je suis seul, pour essayer de m'approcher merveilleusement de ce qui n'est plus ; mais la chanson est morte, et moi, terrassé par l'angoisse de l'existence, je lui survis pourtant.

Nous prîmes sans doute, malgré le crépuscule, la sente sur le bord de la falaise, là-bas, si loin que nous ne la verrions même pas avec nos yeux du jour. Au-dessus de nos têtes, des oiseaux blafards tournoyaient et criaient. Nous marchions, un peu éclairés par un reste de lueur, dans cet assombrissement qui fait que le soir est comme une tempête calme. Et je revois, enfoui dans le temps à un endroit que je ne sais pas à plusieurs années près, ce petit couple tourmenté ne cachant pas sa tristesse, portant le deuil, et qui ne demandait pourtant presque rien, mon Dieu...

* *

Encore une fois, le narrateur s'arrêta. Il avait une figure maigrie, une douce barbe brune, et de grands yeux qui ne seraient plus étonnés jamais. Nous lui sourîmes...

— « Écoutez, reprit-il, la fin de l'histoire. Une grande nouvelle emplit La Chapelle et nous bouleversa : Les pluies exceptionnelles avaient mis à découvert, dans le jardin de la vieille dame, une relique, une très vieille statue de la Vierge, croyait-on ; enfouie depuis des siècles... Terrifiés par cette nouvelle et l'importance qu'on lui donnait — est-il besoin de vous dire qu'il s'agissait de la poupée nocturnement enterrée — nous restâmes impérieusement muets : nous n'osâmes même pas nous en parler l'un à l'autre.

Le curé avait disserté. Il m'apparaît, dans quelque intérieur de ferme, devant une table grossière, le torse moulé dans sa soutane, une main sur son genou, l'autre main explicative : c'était une église du temps des chevaliers bretons, envahie, puis recouverte par le sable, et dont on voyait autrefois le clocher en détresse dans une fondrière les jours de grands vents. Quant à ce fait que la petite statue sacrée fut remontée précisément dans le jardin de la dame, c'est là ce qu'il y avait de beau, d'à peu près miraculeux et qui prouvait l'appel du bon Dieu. La dame était, au su de tous, fort pieuse et pratiquante, et la vertu est toujours récompensée. Il parla « d'enclos béni », de « jardin innocent » et nous qui nous souvenions de la nuit tragique, cela nous fit tressaillir plus que tout le reste. Nous pensions, tellement nous l'avions entendu répéter dans nos leçons, que les fautes finissent toujours par être découvertes ; mais les choses ne donnèrent pas raison à la naïve et pure croyance. Notre poupée ne fut reconnue par personne... Le curé nous apparût ridicule, avec son petit front, ses gros yeux, sa voix qui ne donnait pas ce grand accord de la vérité avec la vérité ; tandis que, tout autour, il était question de faire de *notre* jardin un lieu de pélerinage... Et pendant quelque temps, le pays fut sous l'impression du bon Dieu.

Nous revîmes notre poupée, un instant, pendant une blanche cérémonie religieuse autour de laquelle nous rôdions désemparés comme si nous n'avions pas de place dans la foule. Elle était posée sur une serviette pliée en quatre ; elle était noire et usée, comme si à dormir dans le terrible cauchemar de la terre, les heures étaient des années. Nous avions encore peur, et nous nous taisions ; mais, malgré nous, nous n'étions pas attentifs au rite et, au lieu de regarder le prêtre, nos yeux erraient, s'arrêtant sur la bouche d'un chantre ou sur l'étonnement magnifique d'une pauvre fille des champs qui prenait part à la cérémonie dans sa robe de mousseline blanche.

Il y eut une procession, une procession de tous ces gens qui se trompaient. Elle partit du jardin poétique et brûlé par l'espace, avec son puits et sa cabane de planches, monta, blanche, le flanc escarpé de la falaise, et gagna l'église qui montrait sa façade claire derrière les arbres jaunes et fragiles d'automne, derrière le mail rouillé aux bancs vides, où l'on voit sur les feuilles mortes, les curés passer comme des veuves...

*
* *

Je ne me rappelle plus qu'une fois, dans le couchant... C'était à la fin de ce jour où la dame, bénie par le miracle, revint de porter ce qu'elle croyait être une relique à un haut personnage d'Église : apparemment, l'évêque de Saint-Brieuc ou celui de Tréguier... Nous étions dans un bas-fond et nous la vîmes passer, pleine d'illusion, se détachant sur le soleil précieux. Son image s'élevait entre l'astre et nous ; elle avait sa grande cape noire, marchait de son calme pas, encore embelli, et l'espace semblait à elle. Et tout d'abord, de la voir si bienheureuse, nous qui la savions pourtant si trompée, nous ne pûmes nous empêcher de sourire. Puis notre sourire s'arrêta, et se mit à penser...

Déjà une étoile commençait à scintiller dans l'azur vert, que la vieille dame marchait encore, dorée, parfaite, et que nous la suivions des yeux, groupés et perdus du côté du soir.

Ma sœur d'un jour était tout à côté de moi, un peu penchée. Je voyais une ligne blanche sur sa nuque, où le soleil avait mis un collier d'ambre, et presque rien de son profil perdu. Elle avait un peu du reflet saignant sur la joue et dans les yeux ; c'est ainsi que je la vis pour la dernière fois, petite statue vivante et frêle au seuil du grand silence de la vie.

Les champs étaient encore pourpres et violets, traversés d'ombres allongées, mais, avec l'heure, l'enfant devenait sombre et veuve, et, brusquement, sa main trembla dans la mienne, comme si elle avait senti lui venir par bouffées le froid de l'avenir d'hiver.

Doucement, nous pensâmes au dernier resplendissement d'octobre, au peu que nous étions, à l'avenir, à notre joie triste et grave qui s'éteignait dans le crépuscule et qui n'osait pas se contempler, tant elle avait besoin d'éternité ! Alors, nous sentîmes en nous quelque chose de si mortel que toute notre pitié est retombée sur nos têtes.

Nous sentîmes confusément qu'il ne faut pas dire, dans la vie : « Ceci est une illusion », car hélas, on ne peut dire de rien : « Ceci n'est pas une illusion » ; que si le secret de cette dame était en nous, notre secret, à nous, était ailleurs, et que, tandis que nous la regardions passer, la tranquillité du monde nous regardait...

Et tout à coup, comme si elle se souvenait vaguement d'un ancêtre génial, la petite fille se mit à pleurer, à pleurer sur la destinée des hommes... Cette fois-là encore, je la vois, mais après, je ne la vois plus.

*
* *

Bien des années depuis, je suis revenu dans ce pays. Je n'ai rien retrouvé à la place des maisons de la dune :

à peine, dans une sorte d'enclos démoli, une bicoque délabrée, pas bien loin d'un vieux puits. Au bord de la mer, toute la grève était à moi dans le silence... Mais il me restait, en ce premier retour, un retentissement au cœur, et je ne voulais pas croire qu'à jamais ce cœur oublierait. Maintenant, la pauvreté s'est accomplie...

L'aveu des cloches

Le printemps fleurissait sur la mer.

A vrai dire, ce n'était pas tout à fait le printemps, mais le premier des beaux jours qui se hasardent dans l'hiver, comme des apparitions, pour annoncer que la saison resplendissante reviendra et qu'on avait tort de cesser d'y croire.

Du haut du clocher, le sonneur regardait l'admirable promesse de ce matin encore captif dans les jours gris. Mais l'homme restait indifférent au spectacle de la mer pleine de facettes, jonchée de fleurs de rêve et d'étoiles légères. Que lui importait l'immense embellissement de la nature !... Il était le pauvre cœur pour qui cette richesse-là n'est plus faite.

La mer avait beau se mêler au ciel et déployer chacune de ses moires, et essayer en hâte toutes les parures que lui prêtait le soleil... Les regards de Beppo étaient hantés d'une ombre ineffaçable : celle qu'avait laissée Bianca, la plus belle des passantes, en passant et en s'en allant. Et malgré que la petite promeneuse sublime de sa vie eut disparu, son ombre était restée entre lui et toute chose, plus grande que l'Adriatique, plus grande que l'avenir, — aussi grande que le tombeau.

Voilà trois années qu'avait commencé la séparation qui ne finirait plus, — trois années que la voile orange de la barque trop précieuse, s'était rappetissée jusqu'à n'être plus qu'une feuille morte noyée dans les distances de la mer.

Et aussi vrai qu'elle était partie, elle ne reviendrait plus. Son absence était pire que la mort : elle aimait un autre homme, au nom maudit. C'était à cause d'un autre qu'elle était si coquette et aussi si jolie, avec sa bouche épanouie qui brillait parfois autant que ses yeux. C'était à un autre qu'elle consacrait ses chagrins et ses larmes ; c'était à un autre qu'il l'avait vue rire, si cruellement pour le reste des hommes, un soir, dans le paradis d'un petit champ.

Beppo était de la race de ceux qui ne savent pas crier leur mal, qui ne savent pas se plaindre, et qui savent trop bien pleurer... Il soupira, détourna ses yeux blessés par l'éclat, par la tentation de ce matin qui prouvait le retour fatal de l'été. Puis, comme la ligne noire qui se promenait, tel un maigre doigt, sur le cadran solaire cramponné au mur à pic du clocher, marquait l'heure, Beppo se leva, et il alla sonner les cloches.

Il sonna avec application, parce que c'était son travail et sa raison d'être. Comme on répète par devoir une phrase qu'on ne comprend pas ou qu'on ne comprend plus, il fit parler les géantes suspendues là-haut grandes ouvertes comme des dômes dans le dôme de l'azur. Désabusé, il semait à toute volée l'espoir parmi le doux éloignement.

Mais de sortir ainsi de lui, les grands battements prenaient une sorte de mélancolie. Malgré lui, sa résignation s'entendait dans la sonnerie qu'il faisait vivre. Ses cloches vibraient plus tristement que les autres cloches. C'était comme si lui, le taciturne, le muet, il eût grandement parlé ; comme s'il eût crié le *de profundis* de sa tendresse inutilisée, de sa jeunesse dont nul bonheur ne profiterait, — et qui aurait pourtant fait tant de saint amour, si la divine passante l'avait exaucé !... Il ne pouvait pas ne pas jeter au vent avec le vaste appel, un peu des cendres de son cœur.

Le reste du jour, — entre les sonneries, — il se taisait, profondément. Il n'avait presque aucun rapport avec les hommes. Juché dans les hauteurs du clocher, il était le gardien d'un phare très ancien, très discuté, auquel bien des voyageurs de la terre ne se fiaient plus. Et, tel que les gardiens des phares inaccessibles, il vivait à l'écart de la vie et des vivants, dont il avait peur, ne bougeait guère dans sa niche dont l'espace formait un des murs, — et ne quittait jamais l'église. C'est à peine si, de loin en loin, le prisonnier puni d'avoir tant aimé, avait l'occasion d'adresser la parole au signor syndic du village, son roi, et au signor curé, son pape.

...Ce jour-là, la voix de la cloche qui allait chercher les fidèles, toucha plus que jamais une âme qui contemplait les champs au bord de deux grands yeux.

C'était la petite âme de Lazarette Moselli, une âme malheureuse entre toutes, bien qu'exquise et ornée d'une figure d'ange.

C'est que Lazarette portait un grand rêve éteint. Ce rêve avait la forme incomparable du jeune homme étranger qui conduisait, bien loin maintenant, la voiture automobile du prince della Scalla.

Toute une saison, il avait passé sur les routes, trônant sur le devant de l'étrange véhicule, comme une figure de proue, — et toute une saison, elle l'avait regardé, appuyée sur un mur ou sur un arbre, défaillante comme un oiseau pris au piège qui voit s'avancer l'oiseleur, et n'osant comprimer sa palpitation désordonnée pour ne pas montrer son cœur. A plusieurs reprises, le beau pilote de la voiture princière lui avait parlé, et deux fois, elle l'avait vu de près, avec sa belle moustache française éployée comme les ailes d'un faucon en plein vol... Puis, il s'était envolé sur le char magique qui lui obéissait. Et c'était justement son image dont elle ne pouvait plus guérir.

Comme le monde avait changé, depuis ! Son rire avait disparu, ses paroles s'étaient raréfiées, sa destinée s'était confinée, rapetissée, autour de sa maison. Elle y vivait à l'ombre sèche de la vieille Anna, dont elle était un peu la nièce et beaucoup la servante, — et qui était paralytique, mais acariâtre. Hors de la maison obscure aux murailles claires, elle ne sortait que lorsqu'il le fallait, pour aller sur le dessus de la falaise cueillir les fleurs dont avait besoin maître Mateo, l'habile herboriste, ou mener la chèvre Giralda égaliser avec perfection le velours de l'herbe tout autour de son piquet.

Elle était aussi jolie qu'avant : un deuil n'arrive pas tout de suite à effacer la beauté : le moindre rayon de soleil l'ornait comme un talisman et la faisait ressembler à une rose coiffée d'un coquelicot. Pour passer, elle était bien obligée parfois, d'écarter joliment les branches. Mais elle ne s'intéressait à rien et à personne ; elle ne voyait même pas combien son miroir était charmant, quand, d'aventure, elle le regardait en face.

Elle n'était sensible qu'à la voix des cloches de Saint-Thomas, parce qu'il lui semblait, dans la magnifique subtilité de son chagrin, y percevoir ce qui était en effet : de fins lambeaux de plainte humaine ralentissant à peine le rythme, et une impression mal définie de désolée résignation. Quoique les paroles qui rayonnaient de l'église fussent les seules qu'elle écoutait, — puisqu'elles étaient tristes et avaient raison, — Lazarette n'osait pas aller vers l'église. Elle évitait même d'emprunter le chemin au bout duquel le portrait de pierre blanche attend. Le mal de son cœur lui faisait-il honte, ou, tout au fond d'elle-même, avait-elle la crainte qu'on lui demandât d'oublier ou de regretter les jours martyrisés d'amour ?...

...C'est alors qu'à la suite des autres dimanches, arriva, comme un magnifique seigneur, le jour de Pâques...

Il commença par tant de soleil et de parfum que chacun tressaillit d'aise, — jusqu'à Scafino, le minuscule savetier qui, à sept heures du matin, s'arrêta de taper pour écouter le tumulte que faisait son cœur dans son petit torse cylindrique, — jusqu'à la vieille Anna dont un soupir remua la personne desséchée comme une robe pendue à un clou.

Et Beppo, lorsqu'il s'apprêta à sonner les cloches, dans le clocher assailli de lumière, sentit une joie tremblante, une joie étrange, une joie injuste lui gonfler la poitrine... Etonné, il ne se retrouvait plus en lui-même... Qu'était-ce que cette force nouvelle, cette espérance neuve, ces couleurs plus belles posées sur toutes les choses?

Malgré lui, il se mettait à revivre. Il sentait, malgré le lourd passé, son cœur endormi trop tôt, se soulever et s'éveiller. Sa jeunesse s'imposait à lui, comme une fatalité, et le forçait à palpiter.

Miracle divin ou miracle humain pur et simple ?... Quoi qu'il en fût, le chant des cloches qui avait sa source en lui, fut plus vibrant et plus heureux. La grande voix planante annonça que la vie est une victoire sur la mort, et que l'espérance est une victoire sur la vie.

Et là-bas, Lazarette, en entendant ces paroles des cloches, frissonna dans toute sa jeune douleur. Elle avait ouvert sa fenêtre qui donnait sur le pré endimanché de pommiers en fleurs. L'éternelle attristée se pencha davantage vers l'abîme de clarté pour écouter la voix changée, elle se pencha, d'abord indécise, puis peu à peu, elle se mit à entendre plus, à entendre mieux...

Aussi, ce jour-là, pour la première fois après tant d'années, Lazarette alla vers l'église... Elle marcha par les sentiers, trouvant le ciel plus beau qu'elle n'avait fini par le croire. Sur sa charrette qui barrait le chemin, le gros Biasco gesticulait comiquement, et cette drôlerie la fit rire... A une petite fille qui lui disait bonjour, elle répondit : bonjour, comme si elle eût dit merci.

Elle était presque arrivée jusqu'à l'église et ralentissait, intimidée par sa hauteur, lorsqu'elle aperçut quelqu'un qui, furtivement, venait d'en sortir.

C'était lui. Il s'était décidé à quitter sa niche, à entrer en plein au milieu de la vie odorante et rayonnante, à toucher la tiédeur qui passe et les parfums qui montent.

C'est ainsi qu'ils allèrent presque l'un vers l'autre. Ils se croisèrent, et par hasard, ils se regardèrent en même temps. Le regard qu'échangèrent ces deux créatures qui ne pouvaient plus rester vaincues, un parfum enivrant de roses vint juste à point pour le faire durer un moment.

Ils étaient si semblables, avec chacun, sa moitié d'amour qu'ils durent se lire totalement pendant l'instant où leurs yeux furent mêlés...

...Toujours est-il que, quelques heures après, le soir, l'un d'eux revint là, attendit un peu, et l'autre revint aussi.

L'ombre du soir cacha sous son aile leur rougeur commune. Puis elle fit mieux : elle qui simplifie et qui rapproche, elle leur montra que, si inconnus qu'ils fussent l'un pour l'autre, si étrangers, il y avait dans leurs figures profondes quelque chose de pareil qu'il leur sembla reconnaître ; elle leur montra qu'ils se ressemblaient un peu, non pas quand on les regardait, mais quand ils se regardaient...

Blanc ou Noir

Louise Doret poussa le verrou de la lourde porte du jardin. Puis, noyée dans les ténèbres, elle retourna vers la maison. On ne voyait rien, pas même le ciel. Toute petite, avec son falot dansant au fond de la nuit, elle semblait ballottée sur la mer.

Ses pieds retrouvèrent le gravier de l'allée centrale ; et, en se penchant, la femme du garde voyait vaguement, entre les pelouses toutes noires, s'éloigner le fantôme immobile de cette allée.

Elle côtoya une masse sombre : le pavillon éteint où dormait sa vieille mère, la seule créature humaine, avec elle, qui fût en ce moment dans le domaine ; Etienne Doret était parti en tournée jusqu'au lendemain, et même, il avait emmené Kroumir.

Elle frôla les images des choses : les saules, qu'on dirait à genoux, les peupliers debout, les yeuses arrêtées au milieu de leur danse. Elle buta, dans l'obscurité glacée, contre la première marche du perron, large comme une tombe.

Elle gravit ces dalles, entra dans la maison, et, sitôt entrée, verrouilla la porte. Elle soupira, soulagée de se trouver de l'autre côté de tant de nuit, de tant de froid et de tant de solitude.

Dans la cuisine elle avisa le revolver qu'Étienne laissait à la maison, tendit la main et le prit. Il n'était pas chargé ; les cartouches se trouvaient dans la caisse, au grenier. Elle y monterait. Elle n'avait pas peur, mais elle ressentait, dans son isolement complet, une grande et majestueuse responsabilité.

Tenant d'une main la lanterne et, de l'autre, balançant l'arme vide, elle poussa la porte de la salle à manger, où elle pénétra.

Elle eut un cri rauque.

Une forme qui semblait à demi accroupie sur la table s'était dressée et s'était jetée au-devant d'elle... Elle entrevit, se plaquant sur les ténèbres, à la clarté crue du falot qu'elle tendit, une face ridée, zébrée, la barbe et le cou en cavités d'ombre, les yeux miroitants et louches, la lèvre louche aussi, eût-on dit, tordue d'une espèce de rire.

Louise Doret hurla : « Arrière ! » en brandissant à la

fois la lanterne et le revolver. L'homme eut un sursaut de recul ; mais il fit néanmoins mine de tendre la main et marmonna :

— Pas peur... Pas peur... c'est votre mari qui m'envoie. Je vais vous expliquer...

Il répéta avec un gros rire : « Pas peur ! » Il ébaucha le geste de se fouiller.

— Levez les mains ! cria la femme. Levez les mains, ou je vous tue !

— Euh ! fit-il avec un frisson.

Il la considéra, d'un air de bête prise au piège, puis, très vite, obéit...

Et alors, les mains ainsi érigées, il avait une expression si abasourdie, si incompréhensible, que pendant une seconde, Louise Doret eut l'intuition *qu'elle se trompait*, et que l'invraisemblable histoire que le personnage bredouillait en roulant des yeux fantastiques pour expliquer son intrusion nocturne était peut-être la vérité.

Mais à la même seconde, brusquement, l'expression bestiale de cette face l'épouvanta, et le mauvais dessein de l'intrus lui apparut avec une évidence qui la fit presque crier.

Se crispant dans un héroïque effort, elle recula à petits pas, s'adossa au mur plâtreux, et resta là, droite, immobile, absolument immobile, mais toute tendue et prête à essayer de tuer avec ses mains, s'il le fallait...

Au bout d'un instant l'homme baissa un peu ses bras, et il reprit par bribes son histoire de commission à lui confiée, par le garde absent. Il ânonnait, d'une grosse voix pâteuse :

— Voyons, m'ame Doret, voyons... j'connais Doret... V'là comme je suis venu...

Elle entendait les mots comme dans un rêve, ne comprenant rien, rien. Elle ne savait pas. Et elle ne bougeait pas, l'œil fixe, les dents impérieusement serrées.

A la faveur de ce silence, il ébaucha un pas vers elle. Elle fit subitement un grand geste :

— N'approchez pas !...

Il s'arrêta, chancela en arrière, souffla.

Elle pensait, éperdument, qu'elle était seule, seule, en face de ce bandit. Pas de secours possible ; nul ne l'entendrait appeler : des voisins, il n'y en avait pas, d'armes, sinon ce revolver vide... Impossibilité d'aller prendre des cartouches en haut. Bondir vers la porte de la chambre, puis de la maison, refermer celle-ci en un clin d'œil, emprisonner l'homme ? Il sortirait par la fenêtre, et, tout près était le pavillon où reposait la vieille femme !...

Alors quoi, quoi ?... La lumière trembla dans la main de la femme. Elle fut sur le point de défaillir, de gémir : « Tuez-moi ! »

Lui s'agitait maintenant devant cette statue armée qui le paralysait. Il se débattait. Il mâchonna un juron, lui lança un regard farouche, et il parut se ramasser comme un fauve pour bondir. Elle se serra dans l'angle de la cage où elle était.

L'homme fut pris alors d'une quinte de toux. Métamorphose ! Il sembla pour la seconde fois à Louise Doret qu'elle commettait une ridicule et colossale erreur... Eh quoi ? appartenait-elle à un criminel, cette tête piteuse qui reniflait, l'œil pleurard ?...

Mais l'être étrange se déplaça. L'éclairement se modifia, et immédiatement, fit renaître la face ravagée et sinistre d'avant, les féroces joues sombres — l'une monstrueusement plus petite que l'autre — le menton adapté à l'ensemble comme une énorme pièce carrée. De nouveau, *elle reconnaissait* l'assassin...

Et des heures passèrent de la sorte. L'homme resta debout à la même place, dompté, renonçant à bouger et à parler, en face de la femme qui étreignait un spectre d'arme, s'enfermait en palpitant dans l'immobilité, et tantôt se disait : « oui ! » et tantôt se disait : « non ! » et ne savait pas !

...Et le jour s'annonça, et peu à peu, par des voies invisibles, devint visible. Ce fut, en vérité, une troisième présence dans la chambre. A cette arrivée de la blancheur, la femme se sentit des larmes aux yeux, et l'homme, touché, sali, par le pauvre ciel, ricana ou sourit.

Un peu plus tard, légèrement accompagnée par l'aube, Louise sortit à reculons de la salle, de la maison, et à travers le jardin bleuâtre qui recommençait, alla ouvrir la porte du jardin. L'effrayant visiteur se traîna derrière, puis sortit en passant devant elle, la tête honteusement baissée, crispant des poings de vaincu, sans perdre de vue le revolver.

Louise rentra, tomba sur son lit et dormit. Elle se réveilla très tard, se frotta les yeux, et chanta tout haut en joignant les mains comme une suppliante :

— Je vais savoir. Etienne va me dire...

Deux heures après, on lui rapporta Etienne sur un brancard. Une congestion avait jeté le garde par terre, en plein champ, pendant sa tournée. Il vivait, mais avait perdu la mémoire.

Elle-même ne put se souvenir clairement de ce qu'avait dit le lugubre intrus ; elle ne se rappelait même pas ses traits ; elle avait trop cherché, en le regardant, à ne voir au fond des trous de ses yeux que ce qu'il pensait, ce qu'il voulait. Elle ignora toujours ce qui s'était passé cette nuit-là.

La petite Femme

— Quand vous me parler de votre froid d'ici, dit Peter, je ris. Et par vos temps d'hiver, quand je vous vois filer, rouges, larmoyants et tout barbouillés de cache-nez et de cols relevés, — si je me mets à me remémorer les froids de *là-bas*, j'en ai le sentiment si vif et si présent que j'ai envie de sortir les mains à votre bise, pour les réchauffer.

Là-bas, c'est à peu près au bout de l'Amérique du Nord et en haut du monde, comme qui dirait la station d'altitude du globe, dans les environs du 75e degré de latitude nord — que le diable emporte.

« Jetés comme des corbeaux dans ces champs glacés et picorant çà et là — des mois, des années — pour trouver un peu d'or ; essaimés dans de telles solitudes glacées et tempétueuses que, pour peu qu'on relevât de droite et de gauche, au vent, les pans de sa veste, et qu'on eût des patins aux pieds, on faisait des glissades de dix kilomètres ; endurant parfois, en manière de revanche, autour du poêle, des « coups de feu » si intenses que je m'étonne, gentlemen, d'être resté cru ; nous menions une existence qui doit compter double aux yeux du Seigneur, pour les affaires du paradis.

« Est-ce à dire que nous n'avions pas le moindre répit ? Non pas, Il ne se passait pas là-bas de choses drôles, c'est entendu ; mais parfois il s'y déroulait de drôles de choses.

« La plus drôle, pour ainsi parler, fut l'histoire de Jonas Dewer. Je frissonne encore, mes chers amis, tout cuirassé et tanné que je sois, au souvenir d'une drôlerie si énorme et si fantasmagorique !...

« Jonas exerçait un métier qui n'était point sot : au lieu de s'évertuer, comme nous, à trouver de l'or nouveau, il aimait mieux recueillir celui qui se trouvait dans nos poches. Il vendait de quoi boire et de quoi manger ; et il le faisait avec un prodigieux appétit de lucre, car on avait beau engloutir et s'empifrer, on sortait toujours plus léger qu'on n'était entré, de son auberge en planches, maigrement chauffée par un poêle de la dimension d'un chapeau haut de forme.

« Au reste, le personnage marquait mal, avec ses

fuyants regards qui semblaient aller se cacher dans les trous de ses yeux, sa grosse caboche de nègre roux, et la façon désagréable qu'il avait de passer sa main carrée dans la laine à matelas qui était collée sur son crâne.

Bref, il y avait au monde plus sympathique que lui, mais il est équitable de reconnaître qu'en dehors de son avarice et de sa fructueuse manie de débiter de l'eau-de-vie bonne tout au plus à laver les pieds des chevaux, on ne pouvait, en vérité, rien lui reprocher.

Il n'était pas le seul traiteur de l'agglomération de baraques qui, cramponnées en cet endroit de la terre, résistaient tant bien que mal aux grands balayements de l'ouragan... Bastide Sullivan et sa femme faisaient aussi commerce de boissons et de victuailles. Ceux-là étaient aimés de tous et, de plus, s'aimaient beaucoup l'un l'autre. Lui avait une large carrure et de larges yeux qui éclairaient franchement son interlocuteur. Elle, s'appelait Betsie ! C'est un nom qui n'a l'air de rien, hein ? Mais je vous jure que je suis encore tout éberlué du joli petit portrait clair que ces deux syllabes, ces deux notes-là, me chantent à la mémoire... Bien que, lorsque je pense à la suite... Bigre ! Mais ne commençons pas par la fin.

« Donc Bastide et Betsie étaient heureux... lorsque Bastide fut assassiné. On le trouva, le long d'un chemin, traversé par des balles blindées.

« Enquête, remue-ménage, parmi les cris aigus et les sanglots de la petite veuve. Mais on ne put découvrir le coupable. Tous ceux d'entre nous que l'on soupçonna se disculpèrent d'une façon péremptoire et rentrèrent en paix chez eux.

« Mais voilà que deux soirs après, Betsie frappe à ma porte, entre, et me voyant seul, me dit, avec un éclair à l'œil, que c'est Jonas Dewer l'assassin.

« — Mais, balbutiai-je, il vient de fournir un alibi indiscutable.

« Elle secoua sa mignonne tête d'ange et frappa le

sol de son pied menu. Puis elle cria que le misérable mentait et m'exposa, un à un, ses soupçons.

« Je restai bouche bée... Certes, cette série, cet enchaînement d'indices, de détails, démontraient le guet-apens machiné par l'odieux Jonas contre un rival religieusement haï, oui...

« Mais... Il y avait un mais : tout cela c'était de l'intuition, de l'instinct, ce n'étaient pas les bonnes preuves palpables, solides, ayant cours en justice. Il n'y avait pas là la chose décisive qui eût fait condamner l'infernal bandit... Nonobstant le frisson de conviction que le contact de Betsie me faisait éprouver (ah ! il faut avoir travaillé comme moi dans les pépites et les gemmes pour imaginer qu'on puisse être à la fois si minuscule et si précieux !...) nonobstant cela, je lui dis mon avis.

« Elle m'écouta soigneusement, ses grands yeux de saphir tout attentifs dans son visage de fillette... Elle comprit, me fit jurer de ne parler jamais de ce qu'elle m'avait confié... Et, à l'instruction, loin de faire état de cette accumulation de préventions, elle chercha manifestement à disculper Jonas, qui avait été un moment inquiété... Bref, l'affaire fut classée.

« La mort de son mari avait laissé Betsie sans ressources. Elle dut chercher une place et, trois mois après, elle était entrée comme barmaid au service de Jonas Dewer.

« Six mois plus tard, elle s'était fait dans la maison de ce vilain célibataire une situation importante au point de vue moral, si l'on peut s'exprimer ainsi. Jonas, fasciné par la fine et étincelante créature, comparable en même temps à une fée et à sa baguette, parlait ouvertement de fiançailles.

« Les bans étaient publiés... lorsque le docteur Bambini fut assassiné.

« Ici, une parenthèse est nécessaire : les assassinats, dans les campements du genre du nôtre, n'étaient pas choses bien rares. Aussi, je vous prie de ne rien voir d'invraisemblable dans l'ordonnance de ce récit, qui est aussi réel que moi-même. Je signale le cas malheureux du docteur Bambini entrè cent, parce qu'il se rattache à notre histoire.

« Ainsi qu'il en avait l'habitude — une longue habitude — le shérif convoqua tous ceux qui, de près ou de loin, avaient approché le disparu avant sa disparition, ou avaient quelque intérêt à son anéantissement, et leur demanda des alibis. Nous en fournîmes tous, moi comme les autres, et Jonas comme moi : il vint déclarer, sans se départir du sourire qui lui endimanchait la face depuis la publication des bans, que tel jour, à telle heure, il patinait sur le Yugon avec sa fiancée.

« Mais ne voilà-t-il pas que celle-ci, appelée à corroborer cette assertion, bondit et cria :

« — Monsieur le juge, cet homme a menti !

« On les confronta. Farouche, elle réitéra sa dénégation et ajouta même que, bien au contraire de ce qu'il prétendait, il l'avait, à cette heure-là, quittée précipitamment et mystérieusement.

« L'autre gesticula, supplia, hurla. Elle ne broncha point (ah ! c'était une solide petite chose que cette femme ! On perquisitionna. On trouva des preuves. On arrêta Jonas qui écumait, délirait et qui — j'abrège — ne se tut que par force : le jour où il eut le cou serré dans la fameuse corde.

« Et moi, j'admirais en tremblant la mignonne Betsie ; car je savais bien qu'elle disait des mensonges ; mais je savais aussi qu'elle avait raison ! Elle travestissait les faits pour rétablir l'ordre logique des choses que le bon Dieu — s'il m'est permis de lui parler ainsi — avait eu le plus grand tort, jadis, de laisser en l'état. Elle mentait à cause de la vérité. »

Rencontre

J'étais assis sur un banc de l'aristocratique promenade, à côté d'une pelouse de satin vert.

Le soleil matinal mettait d'immenses plumes d'une blancheur éblouissante entre les doigts des arroseurs municipaux, et vernissait le gazon.

Le beau temps était si beau, le mouvement chatoyant et délicat des promeneurs mondains était dessiné avec tant de talent, colorié avec tant de goût, qu'au bout d'une demi-heure, je m'aperçus que je tenais mon roman à l'envers. Je le posai sur mes genoux minces, cédai à l'inaction, et luxueusement je contemplai.

A ce moment, je remarquai un couple qui, au bout de l'avenue, faisait son apparition et s'approchait. Cet homme et cette femme étaient très jolis et surtout très élégants. Ils émettaient ce rayonnement de distinction suprême qui impressionne toujours les pauvres diables comme moi, malgré que nous en ayons.

La dame avait un costume tailleur en cachemire à ramages anciens ; elle était une miniature persane et une coquette de 1860, mêlées, rapetissées et divinisées en une femme réelle. Des guêtres blanches serraient, avec une précaution parfaite, ses pieds minces, mais courts. Une aigrette, issue d'une petite étoile, gouachait son chapeau pointu. On la distinguait, au milieu du va-et-vient de l'heure fashionable, tout autant que si elle eût été seule au milieu du paradis.

L'homme présentait la même exquise adaptation à la dernière mode, que je ne connaissais guère et que pourtant je reconnaissais en lui.

Ah ! j'étais conscient de mes manchettes froissées (la

veille, en m'habillant, je m'étais, par mégarde, assis dessus), de mes souliers bossués et relevés au bout avec une obstination racornie, et de ma timidité que ma redingote dominicale rendait pire !... Et pourtant, mes regards osèrent effleurer la figure fériquement rose et fragile, comparable à un pastel, à cause de la poudre de riz et à cause aussi de l'ovale encadrement des cheveux d'or adouci...

Quand ce monsieur et cette dame m'eurent dépassé, je me levai, et presque malgré moi je suivis, tête basse, leurs ombres... J'étais attiré par la souveraineté et l'éclat de ces deux riches, travaillé par un pauvre besoin de les observer.

En réalité ils étaient trois : j'ai oublié de dire que la main de la jeune femme était tirée en avant par une claire cordelette, au bout de laquelle trottait un chien. Ce loulou blanc, relevant sa queue en ombrelle et pointant ses oreilles en papier découpé, était si ébouriffé qu'à peine on discernait le petit corps douillettement enfoui dans ce luxueux manchon de fourrure.

Tout à coup mes promeneurs s'arrêtent.

— Quelle horreur ! s'écrie la dame.

J'avise l'objet de leur surprise et de leur répugnance. J'avoue que j'eus un sursaut désagréable. Un difforme bohémien, sorte de jaune sorcier exotique aux cheveux de goudron, planté au bord de l'avenue, jouait de l'accordéon. Devant lui, gisait une boîte carrée, sur laquelle un singe se mouvait, habillé en danseuse.

Je ne saurais dire à quel point ce groupe noir et déguenillé, jailli là de quelque égout ou de quelque enfer, faisait une tache sale sur la belle promenade.

L'homme tendait une face ignoble, sournoise et vile. Quant au singe, pelé et crasseux, il portait une infâme jupe de laine rose, odieusement tachée, fixée par un bouton blanc à une bretelle qui passait sur sa malingre épaule.

Sa tâche consistait à se tenir debout et à se balancer de droite et de gauche... Mais il se repliait vite, s'asséyait, fatigué, plaquait, sur les bords de la boîte ses paumes grises et rosâtres, et toutes les grimaces se succédaient sur sa face de gutta-percha.

Son maître donnait alors un léger coup de pied sur la boîte ; l'animal tressautait, se remettait debout, et durant quelques instants sa queue retroussait sa jupe, comme les rapières des ténors soulèvent leur manteau de cour.

La dame se mit à rire aux éclats. Elle s'amusait de cette rencontre avec l'inquiétant miséreux, que les mieux intentionnés ne voulaient pas toucher, même par l'intermédiaire d'une obole. Le petit chien jappa.

— Très bien, Double-Blanc !

Alors moi, qui suis passablement observateur, à force de scruter les physionomies des gens dans les tramways ou au bureau, quand je fais, en été, l'intérim au service des renseignements, je constatai ceci : la dame se complaisait à la colère du petit chien et s'intéressait innocemment à l'exciter.

— Il n'aime pas ce qui est vilain. Écoutez-le, Franck. Bravo, Double-Blanc, tu n'as pas peur du méchant singe !...

Double-Blanc s'avança plus près, tira sa laisse, tendue comme une corde de harpe et se secoua avec un bruit d'argent.

Le singe donna alors des signes d'inquiétude, il sauta à terre, du côté opposé, sous couleur de ramasser un bout de cigare. Une injonction gutturale de son maître le rejeta sur la boîte. Mais là il s'accroupit, et porta son pied droit à sa figure compliquée.

La dame rit de plus belle, et le toutou immaculé gronda. Le jeune homme admirait, et quelques oisifs s'amassèrent. Bientôt il y eut un cercle.

Il m'apparut que la maîtresse de Double-Blanc laissait celui-ci s'approcher insensiblement du petit danseur monstrueux, et éprouvait une manière de fierté à cet acharnement du fastueux roquet.

— Il comprend, disait-elle.

Elle ajouta, entre deux rires perlés :

— Hou, hou !

Alors le petit chien sauta soudain en avant, élastique et irrésistible, saisit dans sa gueule le bord de la jupe de laine rose et le secoua furieusement.

Le singe roula des yeux féroces, criailla comme une souris prise au piège, et retint de ses deux mains sa robe sur son corps. Ce geste, qui singeait un geste de pudeur, fit rire. Mais la mâchoire du quadrumane se convulsa en un grincement si sauvage qu'un petit enfant jeta un caillou, qui vint tomber au pied de la caisse, dans la sébille vide.

Et moi ? Je confesse que j'éprouvais une certaine gêne à voir ce manège, mais quoi qu'il en fût de mes réflexions, je les gardai pour moi, étant beaucoup trop timide et simplement vêtu — mettons trop lâche et trop pauvre — pour penser tout haut en public.

Crac ! la jupe de laine se déchira avec un bruit mou... Mais au même instant, le grêle bras du singe s'abattit, la main en griffe, sur le blanc museau de son bourreau.

Du coup, celui-ci lâcha tout, et l'œil égratigné, la paupière déchirée, se jeta contre les jambes de sa maîtresse, en poussant des hurlements assourdissants.

Mais le beau jeune homme s'était élancé, sa canne se leva et retomba avec un bruit strident sur le flanc noir du singe.

Celui-ci tourna une dernière fois sur la petite boîte où il travaillait l'instant d'avant, et s'aplatit par terre, avec de légers soubresauts, tandis que sa robe rose déchirée, mais fixée encore à la bretelle, s'allongeait à côté de lui.

Tout cela s'était passé vraiment en un clin d'œil.

Ce fut en même temps que je vis la petite chose noirâtre qui pantelait sur le sol, le bohémien qui arrachait ses cheveux agglomérés et pleurait, la bouche ouverte, et à travers la foule grossissante, un sergent de ville s'avançant sévèrement vers lui, tout droit, comme la fatalité.

Le jeune homme cherchait des yeux la dame, muet, un peu ému de l'énergie de son intervention.

Mais moi, j'avais fendu les groupes encore hésitants et m'étais précipité vers lui. Moi ? Etait-ce bien moi ? Oui, oui, c'était bien moi !... Je me plaçai devant lui, face à face, et j'assénai de toute ma force un soufflet sur sa joue. Il chancela, un pied en l'air. Un second coup sur la figure l'envoya se plier contre un arbre... Et comme de la sorte il n'y avait plus devant moi que son chapeau tombé, j'expédiai l'élégante coiffure jusqu'au milieu de la chaussée, bravement, glorieusement.

Puis je m'en allai, à pas tranquilles, me sentant digne du noble silence qui s'était fait tout autour de moi, moi qui avais, pendant un instant, oublié ma faiblesse, ma lâcheté et même ma ridicule redingote, à la fois si maigre et si grasse.

Conte de Fées

Les carreaux sont si petits que le soir qui tombe a l'air de s'effeuiller dans la boutique de mercerie. On discerne, à travers ces vitres vertes, que l'heure commence à obscurcir, la lanterne pendue par une corde en travers de la rue Saint-Honoré, devant la maison du procureur royal.

Mme Hocquart, la patronne, s'est retirée dans l'arrière-boutique, où elle loge. On y distingue sa silhouette gonflée, aux côtés de la petite bibliothèque couronnée par un buis bénit, non loin du lit en tombeau et de la commode en gondole.

Dans la boutique, les deux jeunes employées s'attardent. La belle Estelle est assise, et regarde quelque chose qui est placé sur ses genoux de déesse. Olympe, fluette, souffreteuse, presque difforme, vague de-ci de-là. Elle s'approche d'Estelle et voit que c'est une lettre sur laquelle elle s'extasie comme sur un bijou, en poussant des soupirs.

Olympe questionne sa compagne, avec un geste étroit et une pauvre grimace de timidité. Alors Estelle raconte tout :

C'est une lettre d'un jeune homme qui s'appelle Célestin. Elle a vu ce jeune homme, beau comme le jour, en passant rue de l'Homme-Armé, où il travaille chez un maître écrivain, entrepreneur d'écritures. Lui ne l'a pas vue ; il ne sait pas qu'elle l'a vu. Mais ils se verront et s'aimeront. Il l'atteste dans ses lettres, et elle, dans les siennes, le croit. Leurs lettres ? Elles sont transmises de l'un à l'autre par des mains fidèles, celles d'une femme nommée Morin, personne d'âge qui a les dehors les plus honnêtes, et qui vient régulièrement à la mercerie, tantôt sous couleur d'acheter, tantôt sous couleur de vendre.

Estelle, reine de cet inconnu, soupire d'espérance indéfinie. Olympe, la disgraciée, soupire de regret infini.

La boutique fermée, chacune monte à sa mansarde. Olympe, en se regardant à la glace, a, ce soir-là, plus peur que jamais de la morne solitude de son image.

Les jours passent. Maintenant qu'Olympe est dans la confidence, c'est à elle, afin de mieux détourner tout soupçon, que Mme Morin remet les lettres de Célestin.

Cependant Estelle est très coquette. Elle parade dans le magasin — avec ses bas jaspés de Rouen, sa petite croix en argent, avec son visage éblouissant, encadré d'or blond, comme un beau miroir ovale. Elle sourit à tous les clients de Mme Hocquart. On trouve qu'elle répond avec une animation excessive aux propos des militaires — bien qu'on comprenne l'attrait que peuvent exercer sur une jeune demoiselle ces nobles enfants de Mars — aux avances du vidame de Conflans qui, avec son large cou rubicond et ses joues cuites, semble une pièce de boucherie, mais porte un riche gilet en ce point de Hongrie dont on confectionne les tentures de salon.

Un dimanche, Estelle s'en fut à la campagne : à Montmartre, village des environs de Paris ; puis elle ne reparut plus. Dans une lettre datée d'Orléans, elle annonçait seulement qu'elle avait trouvé un état.

Eh quoi ! Est-elle mariée ? Le vidame de Conflans l'avait-il enlevée, dans les bois chevelus de Montmartre, ou bien était-elle devenue l'épouse d'un des guerriers qui hantaient la mercerie ? Ou bien, le charmant Célestin..

Ce n'était pas Célestin, apparemment, car celui-ci fit parvenir, par le canal de Mme Morin, une lettre.

Olympe, interdite, accepte cette lettre. Par un trouble singulier, elle n'ose encore instruire la messagère du départ d'Estelle...

Tout le jour, elle se parle bas à elle-même, s'agite. Sachant qu'elle ne reverra plus Estelle, elle songe à ouvrir le pli. Elle s'y refuse d'abord, puis balance, et finit par céder. Elle l'ouvre. Célestin gémissait de n'avoir pas de nouvelles. (Lamentable amant bafoué, s'il savait !)... Mais comme il s'exprimait bien ! Quel torrent d'images pressées, harmonieuses, éclatantes ! Jamais il n'avait écrit de cette plume !

Olympe palpite. Tantôt un frémissement glacé la parcourt, tantôt la fièvre la brûle toute. Cette lettre qu'elle étreint dans sa main malingre, cette missive qu'elle a ouverte et entendue, elle ne peut se retenir de croire, par instants, qu'elle lui fut réellement destinée, à elle, l'enfant de la misère et de l'abandon !

Plusieurs jours durant, elle est la proie d'une étrange émotion, et sert clients et clientes avec des yeux distraits et une sorte d'infini sourire.

Et voilà qu'une autre lettre de Célestin lui est remise, pleine d'invocations passionnées dont rien ne saurait peindre l'accent.

...C'est à cette lettre qu'Olympe répond. Oui, elle lui répond. Grands dieux ! quelle émotion la suffoque dès qu'elle prend la plume, quel trouble poigne son cœur, quel nuage apparaît devant ses yeux ! Toutefois, dès les premiers mots tracés, une manière de folie s'empare de la fille : ne va-t-elle pas jusqu'à se figurer presque, qu'elle écrit pour son propre compte ? Elle a été tant privée de l'amour que cela la grise d'y toucher, même à la cachette, même en trichant. Et Olympe se laisse tomber à ce terrible jeu d'illusion, et signe « Estelle ».

Elle remit la lettre à Mme Morin, qui s'éclipsa. Cette vieille bénévole, telle qu'on en rencontre dans les ingénieuses productions du chevalier de Florian, se rendit, clopin-clopant, rue de l'Homme-Armé, et longea une certaine fenêtre, tout en frappant le pavé de son bâton.

A la fenêtre apparut un museau pointu de clerc famélique, et la farouche d'une grande main maigre s'avança.

C'était celle de Numa, gratte-papier chez maître Dubois le jeune — Numa, jeune homme long et décharné ainsi qu'un pendu, tout de noir habillé, aux épaules pointues, à l'œil clignotant mais allumé d'un feu extraordinaire. Quelque chose de piteux, de minable et d'artiste était répandu sur sa face, pâle comme un manuscrit.

Il prit la lettre, dit : « Je remettrai à M. Célestin ». Ce disant, il disparut en serrant le message sur sa poitrine.

— Pourvu que cette septuagénaire ne s'aperçoive pas encore que Célestin est parti depuis huit jours ! pensa-t-il à mi-voix, en se dirigeant, parmi l'ombre de l'escalier, vers l'ombre de sa chambrette où, pour tout souper, l'attendait un maigre persillage.

La réponse, Olympe la reçut et la lut dans le tendre assombrissement du soir, soupirant, s'obstinant dans son rêve étoilé, renonçant, avec une naïveté sublime, à voir plus loin que la douceur présente.

Or, le garçon l'adjurait d'accepter un rendez-vous, à la tombée du jour, au coin de la rue des Ménétriers, dont les numéros sont rouges, et de la rue Beaubourg.

...Elle alla au rendez-vous, les yeux extasiés et illuminés, insensible à la réalité, incapable de la comprendre... Tandis qu'elle marchait, ses lèvres remuaient. Elle parlait à l'ami qu'elle allait rejoindre, comme converse une religieuse qui prie.

Mais tout à coup, arrivée au lieu assigné, elle s'arrête, avec un frisson glacé. Sur le but, toute son exaltation insensée tombe. Elle a, soudain, conscience de son délire ! Elle pousse un cri plaintif, et ramène, et serre son fichu blanc qui semble tomber et battre sur ses épaules comme des ailes de pigeon blessé.

Mais quoi ? N'est-ce point une illusion de ses sens ? Une très haute forme mince, telle une raie d'ombre, s'est détachée de l'ombre, et, plus tremblante et défaillante qu'elle, la regarde avec des yeux où l'on voit rayonner une divine supplication.

Ils veulent avancer l'un vers l'autre... Ils ne peuvent faire un pas. Mais ils se tendent les bras, et ils se reconnaissent puisqu'ils murmurent :

— « Comme vous êtes belle ! » — « Comme vous êtes beau ! »

Le Mauvais Esprit

Vanikoro, s'étant soudain réveillé, rampa jusqu'à la porte de la hutte. Déjà le soleil posait sur la place du village un rayon brodé par les feuilles qu'il traversait là-haut. Vanikoro avait les yeux louches, malades, les jambes basses ; une grosse tête roulée dans une chevelure et une barbe charbonneuses. Mais on voyait pendu à son collier de verroterie la dent tournée de cochon et un bracelet à l'européenne, prélevé jadis sur un gibier délicat.

Il prit sa sagaie, son arc. Étendant la main, il saisit doucement deux flèches piquées dans le ventre de son père — lequel n'avait pas bougé depuis trois mois, du lit de feuilles où il était mort, et qui continuait à protéger son fils en lui empoisonnant ses armes. Vanikoro disposa ensuite sa pipe dans le lobe distendu de son oreille, selon la coutume ancestrale.

Dehors, le nabot se dressa sur ses jambes où quelque maladie ancienne avait laissé des chapelets de bosses. Il gonfla son torse luisant comme la houille ; il haussa vers la lumière magnifique ses yeux clignotants qui croupissaient dans l'eau tiède. Après le charnier sacré de son foyer, la puanteur familiale, il humait la forte odeur de la terre océanienne, cette odeur de fauve, corrosive, ineffaçable même dans nos âmes et nos corps, à nous autres les dompteurs passagers de ces pays-là.

Le natif s'engagea sur les pistes de la forêt et arriva à la hutte de Sagou.

— Ta maison du bout de la côte, vends-la moi, lui demanda-t-il pour la centième fois.

— Elle est belle, répondit Sagou. Elle est faite de troncs, de tiges, et de feuilles de pandanus. C'est une maison de chef, puisqu'elle a un coin où est mis un tabou. Elle domine une passe riche en naufrages, très riche. Elle est basse, indéracinable. Nul toit au monde n'est un pareil bouclier contre la tempête. Elle est belle. Elle vaut deux esclaves, plus la moitié d'un esclave, plus dix bras de fil de cuivre.

— Je veux la maison, dit Vanikoro, pour deux captifs seulement, car les mauvais esprits la hantent.

— Non, il n'y a pas d'esprits dans la maison ; elle est parfaite ! clama Sagou en serrant sa sagaie terminée par trois os pointus qui provenaient d'amis morts et hérissée d'autres os tirés d'ennemis tués.

Vanikoro recula en grondant, grinça des dents et loucha jusqu'à l'invraisemblance.

— J'ai entendu les esprits, dit-il et d'autres ont entendu.

— Non, non, non ! vociféra Sagou, bouleversé à l'idée d'une dépréciation si épouvantable de son bien. C'est la plus belle de toutes les maisons.

Or les éclats de cette conversation attirèrent le roi, qui dans sa hutte, sise à vingt pas plus loin, s'enivrait de la fumée du bois vert. Dans l'encadrement de l'entrée, où un nuage âcre se balançait, suspendu, le roi montra sa figure peinte en noir sur le front, en bleu sur les joues, en rouge sur le nez.

Il s'avança, suivi du Principal Personnage. C'était un grand roi. Ses paroles étaient des armes, sa réflexion un piège. Il avait un cœur immense, qui s'étendait depuis ses reins jusqu'à sa gorge. Il portait dix bagues de nez en écaille de tortue et autour de ses narines des éclats d'os ancestraux étaient plantés en éventail. Sa chevelure avait été divisée en petites tresses de huit cheveux chacune.

Le Principal Personnage, lui, était vêtu d'un morceau de bois dur et aussi d'un coquillage fixé à son poignet. Il avait à la jambe une plaie fétiche qu'il rouvrait chaque fois qu'elle faisait mine de guérir, puisque c'était une plaie fétiche.

Le souverain se fit exposer l'objet de la discussion.

— Beaucoup ont entendu les mauvais esprits bruire dans la maison de la côte dit Vanikoro.

Nonobstant les gesticulations et les grimaces de Sagou dont la bouche se tendait sur la face ténébreuse, comme un collier de boules blanches, d'une oreille à l'autre, le fait fut confirmé par Mikoi qui passait, portant une cuisse, et par Niobung qui, débordante de lait, allaitait, près de là, un petit cochon. Pendant les nuits où la lune a la forme d'un boomerang, dès la maison où habite le missionnaire qui n'est pas encore massacré, on entend crier dans la hutte vide de Sagou : c'est prouvé.

Le roi hocha la tête, se retira dans sa maison, s'enivra de kava et s'endormit. Le soir, il assembla la population en frappant sur le tambour muni d'une tête qui est sur la place.

Les habitants, aiguillonnés par les cris du monarque, se rendirent au lieu fatidique. La foule s'entassa à distance respectueuse de la maison.

— Écoutez ! dit Vanikoro, qui recula de terreur, dans l'ombre.

On prêta l'oreille. Rien d'abord, puis on discerna, provenant de la maison, des voix étouffées.

Beaucoup d'indigènes claquèrent des dents et s'enfuirent. Puis le bruit cessa.

— Il faut entrer maintenant dans la maison, dit le roi, en maniant son casse-tête sculpté avec soin.

Avec précaution, plusieurs braves, guidés par Vanikoro qui était réapparu, entrèrent. La maison était vide.

Trois fois de suite, l'incroyable constatation se renouvela : la maison se mettait à parler toute seule sourdement, et lorsqu'elle avait fini et qu'on y pénétrait, rien : les esprits prouvaient leur présence par leur invisibilité.

Vanikoro assistait au commencement des expériences. Mais il avait tellement peur qu'avant même que les esprits eussent rien proféré il disparaissait. Il n'était jamais là, au moment où la voix surnaturelle s'épandait.

Que faire ? Fallait-il vraiment, comme cela semblait indiqué, égorger le propriétaire d'une telle maison ?

Les avis des sages étaient partagés. On consulta de tous côtés dans les autres îles de l'Archipel : Tahori, qui, à ses jours, tremble en fumant circulairement comme le couvercle d'une marmite qui bout ; Vanua, où les têtes des chefs sont conservées dans les corps des requins desséchés ; l'atoll où règnent les « oui-oui » (Français) et dont les habitants, trop fumeurs, sont à peine comestibles. Aucune réponse satisfaisante ne parvint.

C'est alors que Sagou résolut de se débarrasser de sa maison, même au prix d'un sacrifice. Moyennant le don d'une femme et de sa part éventuelle du missionnaire, il décida Vanikoro à devenir propriétaire de la case maudite.

Et, de ce jour, les esprits s'abstinrent de toute espèce de manifestation !

Alors Sagou devint singulièrement préoccupé. Certaines paroles échappées à Vanikoro l'avaient frappé. Il se mit à réfléchir désespérément. Parfois il s'arrêtait de marcher et il semblait essayer de comprendre quelque chose. Il marmonnait des menaces étranges. Un jour enfin, son œil cligna ; il alla trouver le roi.

— J'ai entendu les esprits refaire le mauvais bruit dans la maison de Vanikoro, déclara-t-il. Décidément, il faut tuer Vanikoro pour qu'ils se taisent.

Le roi approuva en principe : mais il fallait se rendre compte. Sagou ameuta la population et l'entraîna une nuit à la maison de la côte. On attendait, en cercle. Au premier rang, Vanikoro, plein d'une assurance superbe, riait bruyamment.

Mais la maison parla...

Alors que fit Vanikoro ? Il rit de plus belle, brandit sa massue d'ébène, s'élança hors du groupe paralysé d'épouvante, et pendant que la maison parlait, y fit irruption.

La maison poussa un cri, puis se tut. Vanikoro en sortit aussitôt, élevant la tête de Sagou.

— C'est lui qui offensait les Esprits en faisant croire qu'ils existent, fit-il.

— On le mangera, dit le roi, dont la justice était aussi sommaire que la logique.

Et il avait raison. Dans la vie sociale, le tout n'est pas d'avoir de bonnes idées, mais de les réaliser au bon moment. Il avait raison. C'était un grand roi.

La Mauvaise plaisanterie

— C'est diablement drôle, dit Lafitte.

— J'ai plus drôle encore, reprit Jacobus. Il s'agit toujours de ce ranch australien où se croisent et se dévisagent toutes les races et tous les gens du monde — qui ne sont pas du tout des gens du monde.

« En un coin d'une ville en formation qui s'appelait — ou le diable m'emporte ! — Burbank-City, et dont les maisons étaient en planches et les rues en boue, quelques solides citoyens, dont j'étais, s'étaient associés. Pourquoi ? Naturellement pour chercher de l'or... ou de l'argent... Comment... Euh !... Intrépides, peu regardants, aventureux, nous formions, si vous voulez, une société de risques et de bénéfices mutuels. Bref, on trouvait plaisant dans la région de nous qualifier de bandits. Quoi qu'il en soit de cette assertion — que je dédaigne, maintenant que je suis honorablement riche — il est certain qu'on n'avait pas tout à fait là-bas les mêmes genres de discussions que dans la vieille Europe.

« Pendant la construction du chemin de fer, qui amena une épidémie de Chinois, nous prenions nos repas dans le baraquement, bariolé d'affiches, d'Arabella Cat, une mâtine qui nous servait des morues dures comme des mâchoires de cheval, et des biftecks dans lesquels on aurait vissé des patins.

« Mais quoi ! c'était tout de même le bon endroit — et le bon temps. Il y avait là Billy Faggs, Fix Peccot, Junius Textor, sans parler du señor Espinosa Nicolaï, et de moi. Et si nous mangions mal, nous buvions bien. Surtout, dans des bocks, de ce pur nectar dénommé le wisky de l'Equarrisseur — celui qui en consomme ayant incontinent envie d'abattre un arbre.

« Moi, j'en valais bien un autre. Mais je dois reconnaître que Junius nous valait tous. Quel beau chien ! Immense et large, quand il entrait par la porte grande ouverte, on aurait dit que la porte se fermait ! Une fois, il avait arrêté un Mexicain — un de ces types qui ont de longues figures brunes de cigare et des pantalons à nageoires — rien qu'en posant son pied sur le sien, jusqu'à l'arrivée du renfort. Ah ! un beau chien ! Et il était aussi imbibé d'alcool que la mèche d'un réchaud. On connaissait sur notre ami les aventures embrouillées. Mais rien de cela n'avait tiré à conséquence, faute de preuves, et il s'apprêtait, au moment où je vous parle, à épouser miss Lillie Bungalow, laquelle était rouée comme un ange et gracieuse comme le démon. Elle en valait la peine. D'abord parce qu'elle avait un chignon comparable à une pépite au soleil. Ensuite, le père Bungalow, s'il était opposé à cette union, était d'autre part un vieil avare de prix. Il cachait — où ? nous n'avions jamais pu le découvrir, je l'avoue, mais nous étions sûrs de la chose — un magot incalculabe destiné tôt ou tard au bonheur d'un gendre !

« Or ne voilà-t-il pas qu'un matin on trouva le vieux Bungalow assassiné. Et ne ramassa-t-on pas à côté du coriace cadavre troué et du coffre dépouillé, le revolver de Junius ! De plus, Junius n'était pas, cette nuit, rentré dans la hutte qu'il partageait avec Bob Planturus, et après qu'une escouade de policiers eût arrêté le géant — par derrière — et qu'on l'eût traîné en prison avec des cordages et des chaînes, et autant de déménageurs qu'il en faut pour transporter ces grandes statues en plâtre qui font toujours leur même geste bête — on trouva chez lui des reçus qui avaient appartenu au vieillard anéanti. Junius avait manqué de patience !

« Nous fûmes, un à un, admis à voir l'énorme inculpé dans la cave grillée où on l'avait clôturé. Mais, un à un, nous remontâmes au jour avec le sourire !

« En effet, si toutes les apparences étaient contre lui, il n'était pas coupable ! Aucun doute là-dessus ! J'entends bien que cette certitude était d'importance secondaire, mais il y avait mieux : Junius possédait la preuve de son innocence, la preuve éclatante, sous forme d'un alibi. Toute la nuit, où, soi-disant, il aurait été occupé à guérir de la vie l'entêté octogénaire, il l'avait passée à jouer aux cartes avec William Trott, l'inspecteur de la Compagnie des eaux — un vénérable fonctionnaire.

« Par humour, Junius ne révéla pas le fait au shérif. Il nous le raconta à nous, sous le sceau du secret, en riant, et nous rîmes chacun avec lui, tour à tour, de la tête que ferait le juge quand, après les bonnes preuves à charge, sortirait ce témoignage décisif. Et William Trott, un bonhomme très original, qui portait un crâne aussi énorme qu'un chapeau, se prêta volontiers à cette cachotterie, et se frotta les mains à l'idée de l'effet sensationnel d'audience. En attendant, il voua une véritable passion au wisky de l'Equarrisseur, qu'il connaissait mal, étant nouveau venu dans la région, et dont il s'imprégnait d'une façon méthodique, réfléchie, administrative.

« Dans ces pays neufs, la justice ne traîne pas. Aussi bien, ce n'était pas difficile d'accumuler un acte d'accusation contre notre camarade qui, en bon Anglais, prétendait jouer impertubablement son rôle de victime jusqu'à l'extrême limite.

« Nous allâmes à l'audience comme on va à la noce. Ça tourna mal — et plus ça tournait mal, plus nous nous lancions des coups de poing dans les côtes — toujours comme font à une noce les invités poliment joyeux.

« Mais au quasi dernier moment et à la dernière question, mon Junius se lève, et se balançant tel un peuplier, articule :

« — Faites excuse, sir Horatio. J'ai en effet quelque chose à ajouter. Oh ! un détail, la nuit du 16, je l'ai passée toute avec un gentleman employé à la Compagnie des eaux, l'honorable M. William Trott — dont je requiers l'audition.

« Coup de théâtre ! L'assistance hurle comme une seule femme. Le juge, désemparé, regarda Junius ainsi qu'un chasseur maladroit et le fusil vide considère un gros gibier qui, sauf votre respect, fiche le camp. Sa voix retrouva pourtant une fermeté professionnelle pour ordonner la comparution de la personne susnommée.

« Tous les regards se tournant vers la porte du fond.

« — L'honorable témoin !

« — Le voilà ; on le guide dans le box. Il a l'air effaré. Nous nous amusons comme des écoliers. Junius sourit jusqu'aux oreilles. Puis, au sein du silence théâtral, le juge demande à M. William Trott ce qu'il a à révéler. L'employé baisse les yeux. Un faible murmure sort de sa bouche :

« — Je suis un pécheur, dit-il.

« — Ah !... mais qu'avez-vous à dire sur l'affaire de feu M. Alexander Bungalow ?

« — C'était un pécheur, fait Trott, du même ton.

« — Bon, dit le juge. Mais vous connaissez cet homme ? ajoute-t-il, en désignant l'accusé.

« — C'est un pécheur, et vous en êtes un autre, psalmodia William Trott, tout doucement.

« Le magistrat tapa du pied et sa figure se fronça, se plissa de lignes, sous la marge de sa perruque blanche, comme une page de la Bible.

« — Il ne s'agit pas de tout cela. Cet homme-ci, accusé du meurtre d'Alexander Bungalow, perpétré la nuit du samedi 16, prétend qu'il a passé cette nuit chez vous... Est-ce exact ?

« L'inspecteur des eaux joignit les mains et hocha sa tête volumineuse.

« — Je voudrais aller au ciel, répondit-il simplement.

« Et il s'assit, les yeux écarquillés et larmoyants, en remuant de chaque côté de son large torse — où ses courtes jambes semblaient être rentrées en partie — ses petits bras de tortue.

« Juste ciel ! William Trott, vous l'avez deviné, était devenu fou. Le wisky de l'Equarrisseur, utilisé à doses massives, produit de ces métamorphoses soudaines dans les intellects inconsistants.

« Avec la raison du seul témoin à décharge, l'unique chance de Junius Textor sombra. Sa gesticulation affolée et nos protestations, nos cris, nos attestations indirectes, ne furent d'aucun secours. Au contraire : nous nous vîmes à un pouce d'être inculpés de complicité, et force nous fut alors de rester bien sages pendant qu'on rédigeait la sentence et, pendant qu'on la lisait, d'aider soigneusement les gardiens à introduire M. Trott dans une caisse matelassée.

« Le fonctionnaire, traité par l'hydrothérapie externe et interne, guérit six mois après le jour où l'on pendit Junius — et trois mois après celui où le vrai meurtrier se dénonça.

« Conclusion ? Nous trouvâmes d'abord l'aventure un

peu baroque, puis nous nous fîmes une raison, en réfléchissant, après tout, que si la justice avait été infaillible, notre ami n'aurait pas été pendu ce jour-là, mais qu'il l'eût été déjà maintes fois, depuis bien des années ! »

Léonie

Le soir où Léonie, retour de Paris, rentra au village, il pleuvait, et les enfants massés sur la place, l'attendaient pour lui rire au nez.

C'est qu'elle était partie naguère en promettant de faire fortune, et voilà qu'elle revenait plus pauvre que jamais.

La grosse fille sortit de la gare, à la tombée du jour, comme on sort d'une prison. On vit poindre sa silhouette débonnaire, dans la brume jaunâtre de la rue Célestin qui, gribouillée d'ornières et mal pavée, a une échine crénelée de vieux cheval. Tandis qu'elle descendait la rue, le vent faisait gonfler et rouler dans le soir sa jupe grise et son châle incolore.

Le village natal lui fit mauvais accueil. Sur son passage, les fenêtres se fermaient, les bouches se serraient. Les anciens qui lui dirent bonjour ne le firent que distraitement. Des compagnons et compagnes d'antan la considéraient d'un œil vide sans avoir l'air de comprendre — alors qu'avec un peu de bonne volonté on se serait reconnu. Les jeunesses, datant d'après son départ, se détournaient d'elle, comme si on leur avait tout appris. On ne lui pardonnait pas de n'avoir pas réussi. Elle était devenue pire qu'une étrangère.

Elle roulait les yeux à droite, à gauche. Elle hâtait le pas, soufflait, pleurait de sueur et murmurait : « tutu », comme elle avait coutume de le faire autrefois. Son chapeau noir était veuf de garniture, dégradé.

Elle se dirigea vers la maison de sa sœur, le seul asile, la seule parente.

Elle s'arrêta devant cette porte, flûta un « tutu » étouffé. Puis, la mendiante tendit la main, atteignit difficilement le cordon de sonnette qui semblait se cacher dans son coin.

La porte s'ouvrit ; Mme Dièze apparut et, maigre, regarda sa sœur.

Ah ! celle-ci était moins fringante que lorsqu'elle était partie pour la capitale, s'engageant à se débrouiller et à gagner beaucoup d'argent ! Elle avait alors un air si innocent et réjoui qu'on la jalousait déjà.

A voir la grosse Léonie vaincue et tassée au pied de sa porte, Mme Dièze éprouvait quelque honte, à cause du monde ; mais au fond elle triomphait, à cause d'elle-même. D'un clin d'œil au ciel, elle évoqua l'ombre de M. Dièze ; elle regretta mentalement que celui-ci ne pût voir ce piteux retour, si conforme à ses secrets espoirs, et fût mort l'an passé en état d'ignorance.

Après quoi, elle dit à sa sœur :

— C'est toi ?

L'autre hasarda presque un sourire, mais tout de suite, serrant ses poings et haussant son cou mou, elle ravala ce sourire. Son dos d'esclave s'humilia et s'introduisit dans le trou noir de la maison.

Les jours suivants, elle rôda à travers le village. La réception qu'on lui avait infligée le premier soir ne varia point. Partout, elle se heurta aux mêmes faces dures, à la fois rancunières et méfiantes. Non, elle ne s'acclimaterait jamais plus parmi ceux dont elle était sortie....

Devant ses misérables allées et venues, les gens ne se gênaient pas et montraient leur âme toute nue. Férocement égoïstes et cupides, voilà ce qu'ils étaient tous. Et, encore plus, serviles en face de la puissance, n'ayant de respect que pour les domestiques du château. Le château, de sa masse fantastique, dominait le village pis encore que l'église.

La revenante trouva une telle fuite d'âmes, une telle fermeture des visages à son encontre, qu'un soir elle remarqua une vache qui la regardait sans méchanceté, et qu'une autre fois elle fut sensible à l'espèce de signe que lui faisaient les peupliers, toujours pareils, debout près du presbytère, et le banc de pierre, toujours à la même place, comme quelqu'un dans l'ombre.

En rentrant de ces courses désemparées de rue en rue, elle retrouvait sa sœur, crispée, mais infatigablement muette, marchant dans sa longue robe noire qui pendait de ses épaules, ou s'occupant au ménage, les mains semblables à des araignées pâles.

Alors Léonie mangeait un peu, en tâtonnant, gargouillait deux ou trois paroles, et montait lourdement se coucher.

On ne voulait plus d'elle. Tout cela ne pouvait durer.

Un matin, — il y avait une demi-heure que Léonie avait fui la maison — elle rencontra un homme à tête étrange. Une tête tout embroussaillée de noir : les cheveux mêlés à la barbe et mêlés entre eux ; des yeux de fièvre qui apportaient dans le jour une lueur de lampe.

Elle se rappela : le fou. Elle s'étonna, en le considérant de côté, qu'il fût encore fou depuis le temps.

Mais voilà que cet être lui sourit et l'appela par son nom. Ce vague appel dans le désert la fit trembler. Elle lui sourit aussi tant qu'elle put, malgré elle, et lui adressa une petite révérence. Elle s'en alla en faisant : « tutu », comme un oiseau. Un moment après, s'arrêtant sur le chemin, elle se demanda : « Est-il fou ? »

Ils se retrouvèrent, sans savoir comment ni pourquoi. La seconde fois qu'elle le vit, il caressait doucement un chien estropié, preuve qu'il n'était pas si fou que cela.

Il n'avait pas de cheveux blancs. Il était plus abîmé

que vieux. Il végétait piètrement. Il traînait, enveloppé d'un grand manteau de peintre et couvert d'un feutre de la même famille, une destinée dans le genre de la sienne. Haï et méprisé comme elle, surtout depuis qu'il avait encouru la colère de M. le baron, en refusant de livrer à sa chasse un cerf réfugié dans l'enclos qu'il avait alors. Comme à elle, on lui rendait la vie impossible.

Le troisième jour, Léonie ne put s'empêcher de dire tout bas à cet homme étrange :

— J'ai un secret à vous confier.

— Moi aussi, fit-il.

Ils causèrent, causèrent. Chacun parla et écouta longuement tour à tour. Après cette conversation, ils hochèrent la tête ; il y eut un silence, puis elle balbutia :

— Vous avez l'air d'un artiste.

— Et vous, d'une rose, dit l'homme.

Et pendant le temps qu'elle rougit et rit, elle ressembla, en effet, à une fleur joufflue.

Soudain Léonie disparut et le fou aussi.

Quel scandale ! Au sortir de la messe, des dames se réunirent, brusquement, électriquement, pour en parler. Bien entendu, on rapprocha cette double disparition pour en faire une double faute. Il y eut des murmures, des malédictions étouffées, et un petit rire circulaire qui strida.

— Je la chasserai quand elle rentrera, dit Mme Dièze. Elle ajouta :

— D'ailleurs je l'aurais chassée quand même !

Puis :

— Que ne l'ai-je chassée avant !

Mais un monsieur s'approcha du groupe des dames et dit :

— Pardon... en soulevant son chapeau.

Il avait des lorgnons, un cache-nez, des joues enluminées comme des cartes à jouer, un paletot en ratine noire, et c'était le notaire du château.

Il dit tout haut à Mme Dièze :

— Votre sœur ne retournera plus chez vous. Elle va se marier avec quelqu'un qui a quitté le pays en même temps qu'elle — quelqu'un que vous connaissez.

— Hé ! gloussèrent trois cous tendus.

— ...Mais qui, *de son vrai nom, est comte*, Ils reviendront ici, *car ils ont acheté le château.* Il faut vous dire que votre sœur a gagné une fortune considérable à Paris. Jusqu'ici, elle n'a pas voulu qu'on le sache. Elle tenait à vous en faire la surprise quand elle est arrivée...

Cela dit, au milieu de l'énorme, de l'incurable stupéfaction, du silence glacé, le notaire se coiffa et se retira à reculons vers son tilbury, avec de petits saluts secs et brefs ,comme des trempettes.

La Confession

Effaré, avec un gémissement sourd, le paralytique sentit venir la crise.

Il savait bien que ce serait la dernière. Il le savait à quelques mots échappés naguère devant son attention embusquée de malade, puis à l'épouvante avec laquelle on avait fait autour de lui le silence sur ces choses.

Il allait mourir. Et personne ne se doutait que le moment extraordinaire était venu, puisqu'on l'avait laissé seul, cet après-midi dans le manoir, assis, tombé dans son fauteuil, près de la baie. Depuis des heures, il s'immobilisait là comme les meubles et les statues, et regardait le paysage s'étendre et le ciel s'envoler toujours...

Il allait mourir... Alors sa bouche exhala une plainte rauque, et ses yeux se terrifièrent,-à cause d'une image qu'ils fixaient...

Ce n'était pas celle de la vie trop tôt quittée ; ce n'était pas celle de sa femme, adorée, tendre, proche, et qui, parfois, à son chevet, miraculeusement, souffrit presque ses douleurs.

Non... C'était *l'autre* que le moribond, éperdûment, voyait ; la femme qu'il n'avait plus revue... S'il était hanté, au seuil de l'agonie, par celle qui avait été la maîtresse d'un jour, c'est que depuis si longtemps elle n'avait, dans son humble exil, que lui pour s'occuper d'elle, que lui, au monde, pour la faire vivre...

Et voilà qu'il était tué tout d'un coup... Alors, comment ferait-elle pour ne pas mourir, ignorante même du vrai nom qu'il portait, incapable de travailler, vieillie, ayant besoin d'être sauvée quotidiennement !...

Ah ! il fallait révéler ce secret trop bien gardé, hélas ! Tout s'effaçait devant ce devoir urgent. Tout de suite... le dire, à n'importe qui, le jeter hors de son naufrage, au premier visage humain qui viendrait...

Rassemblant ses forces, il appela.

La porte trembla, s'ouvrit, et une petite fille fit son apparition. Elle était toute fine, et la lumière s'amusait à faire dans ses cheveux blonds une vraie auréole. Elle se campa, dans le si grand et si mignon resplendissement de ses huit ans.

— C'est moi, papa, dit-elle.

Et elle gazouilla, explicative, avec des gestes :

— Ils sont tous partis en promenade, tous. Et aussi Laure, et ma tante, et Brunois, en dernier. Moi, je suis là, à jouer dans l'étude, parce que j'ai été punie. Ils sont tous partis. Il n'y a plus que moi ! conclut-elle fièrement.

Le silence revint, lugubre. L'homme pâlissait.

— Écoute, Zanette...

Elle s'approcha. Il parlait très lentement, avec un énorme effort.

— Je vais... te raconter une histoire... Écoute... Il y avait une fois..

Il s'arrêta court. Elle écoutait, ouvrant à demi sa toute petite bouche semblable à un cœur de rossignol.

Il changea d'idée, il reprit, tandis qu'un masque blême s'étendait sur sa face.

— Je vais te dicter...

Elle courut vers la pièce voisine.

— Que j'aille chercher mon ardoise.

Elle revint avec, s'installa.

— Dicte ! ordonna-t-elle.

— Il faut... commença-t-il avec sa voix inerte.

— Et le titre ? interrompit Zanette.

— Confession, dit le père.

— Confession... articula la petite tête appliquée à à mesure que le crayon de pierre traçait bruyamment en gros les lettres du titre. Après ?

La voix reprit, très calme, du fond de l'invisible agonie.

— Il faut que je parle... Je demande pardon à celle à qui cette suprême prière est adressée, du pur et angélique intermédiaire...

— Attends !

Elle effaça, s'impatienta, tapa du pied, puis leva la tête, le crayon en suspens.

— Je ne sais pas du tout comment ça s'écrit, fit-elle piteusement.

Il ferma les yeux, harassé, et dicta lentement le mot.

— Je me marque une faute ! dit la consciencieuse Zanette.

— ...Qu'il soit préservé par son innocence même et qu'il transmette le secret sans en être touché...

— Oh ! c'est des grandes phrases ! hasarda l'enfant. Mais ça ne fait rien. Après ?

— ...Il y a dans ma vie une pauvre femme très pitoyable, très digne d'intérêt... Voilà longtemps, longtemps, qu'elle n'est plus jeune ni jolie... C'était avant... le mariage.

Il calcula mentalement les dates, rapprocha les âges...

Non ! Le pieux mensonge n'était pas possible... Il se reprit, tout doucement :

— N'écris pas cela, Zanette... Écris : « Ce serait une injustice de l'accuser, car elle, elle ne mérite aucun reproche, au contraire... » Mets une barre sous les derniers mots.

— Pourquoi ?

— Pour qu'on comprenne bien tout ce qu'ils veulent dire...

Le crayon fit entendre un trait, mais il se cassa.

L'enfant s'interrompit pour le tailler. Puis elle regarda son père.

— Dis, c'est arrivé, ce que tu me dictes ?

— Non... répondit-il.

— Ah ! tant mieux ! fit-elle, en reprenant sa pose écouteuse.

— Il n'y a que moi au monde qui m'occupais d'elle... Il faut... Il faudrait... lui donner de quoi vivre.

L'homme se tut... Immobile, il se débattait... Il ne pouvait plus se débarrasser de la formidable préoccupation de la souffrance physique.

La petite figure divinement ignorante et insatiable se leva :

— Et après ?...

— Après ?... balbutia-t-il.

Il se remit, ébloui, à son œuvre.

— Pardon, ma Zanette, je sais mal...

— Oh ! oui, alors, tu sais mal !

— Il faudrait surtout, reprit-il d'un ton plus sourd, plus lourd, ne pas lui faire sentir... Il y a...

— Ne pas lui faire sentir quoi ? La phrase n'est pas finie, fit remarquer l'exigente écolière.

— D'autres la finiront mieux que moi, dit le père. Ecris, ma chérie. « Car rien, même... au commencement, n'a été de sa faute. Depuis bien des années tout était fini. Et je n'ai jamais eu ni la lâcheté de l'abandonner, ni le courage de l'avouer... »

— C'est drôle, murmura la petite fille, cette histoire où il y a toutes sortes de choses.

Le crayon courut, puis s'arrêta, prêt...

— Il faut bien dire le nom, l'adresse. C'est...

— C'est ?...

— Mets n'importe quel nom, tremblota-t-il misérablement. Tiens, par exemple : Jeanne... Oui : Madame Jeanne... Et une rue... Voyons, une rue de Paris... Tiens : rue Blanche, oui, rue Blanche.

— Blanche... Il faut aussi un numéro, constata-t-elle.

— Numéro 25, dit-il tout bas.

Il ferma de nouveau les yeux. Ses traits semblèrent se creuser. Sa bouche se tordit, s'entr'ouvrit, pour un cri que lui seul entendit.

L'enfant surprit ce ravage. Elle détourna la tête, prise de crainte... Il était là, tout près d'elle, cloué, mais effrayant. On aurait dit un lièvre pris au piège.

Elle trembla, puis s'enhardit pourtant.

— Tu vas avoir plus mal ?

Le cou de l'homme fléchit un peu ; sa tête baissa d'un cran. Il fit entendre une voix plus faible, plus rassurante.

— Non, je vais ne plus avoir mal. Écris encore : « Pardon, pardon, pardon. »

— Trois fois ? On peut répéter comme ça les mêmes mots ?

— Moi, je peux... C'est fini.

Elle se leva, déposa l'ardoise, battit l'une contre l'autre ses petites mains pour faire partir le blanc, et dit, avec conviction :

— Je ne fais pas de grosses fautes. Mais je fais tout le temps des quarts de faute... Veux-tu que je te tienne ma dictée pour que tu la voies ?

— Non...

Il sentait le jour vaciller autour de lui. Il voyait le monde mourir...

— Mais tu la montreras à ta maman...

— Oui.

— Bien sûr ?

— Oui, oui...

— Laisse-moi maintenant, Zanette ; va jouer...

Il n'osait plus ouvrir les yeux, bien que la fillette brillât tout près, si précieusement... Il lui aurait fait peur en lui montrant les ombres qui l'emplissaient.

— Va... Ne me regarde pas... Dépêche-toi d'aller jouer... N'oublie pas de dire à ta maman de lire...

Elle s'en allait à reculons. Elle s'arrêta, obscurément surprise de cette insistance.

— Mais tu lui diras bien, toi...

Il rouvrit les yeux ; le souffle de sa voix fut aussi faible que son regard.

— Oui, oui... mais dis-lui, toi, si je ne suis pas là..

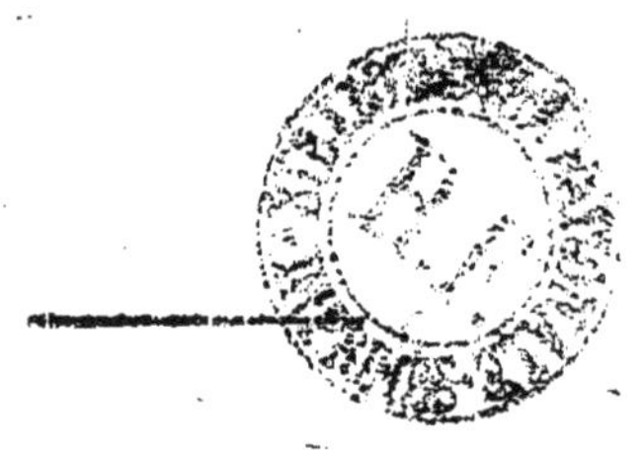

Les récits qui composent ce volume sont inédits en librairie.

TABLE DES MATIÈRES

“Une heure d’oubli...”

PUBLIÉE SOUS LA DIRECTION LITTÉRAIRE DE

MM. MAX et ALEX FISCHER

LE VOLUME : **0,45**

VOLUMES PARUS :

1. Paul BOURGET . . . . **PROFIL DE VEUVE**
2. Claude FARRÈRE . . **LA DOUBLE MÉPRISE**
3. Marcel PRÉVOST . . . **JULIENNE MARIÉE**
4. Max et Alex FISCHER. **UNE REVANCHE**
5. GYP . . . . **LE PRIX GONTARD**
6. André THEURIET . . **MICHELINE**
7. Alfred CAPUS . . . . **DEUX FRÈRES**
8. Paul BOURGET . . . . **DEUXIÈME AMOUR**
9. Alphonse DAUDET . . **LA FÉDOR**
10. Abel HERMANT. . . . **TÊTES D’ANGES**
11. Tristan BERNARD . . **LES FRÈRES SIAMOIS**
12. Marcel PRÉVOST . . . **LE MOULIN DE NAZARETH**
13. Octave MIRBEAU. . . **UN HOMME SENSIBLE**
14. Jean RICHEPIN. . . . **UNE HISTOIRE DE L’AUTRE MONDE**
15. Max et Alex FISCHER. **MES LETTRES A ZONZON**
16. Paul BOURGET . . . . **LE MENSONGE DU PÈRE**
17. Charles-Henry HIRSCH **UNE TÊTE LÉGÈRE**
18. GYP . . . . **LA CHASSE DE BLANCHE**
19. Victor MARGUERITTE. **LE PETIT ROI D’OMBRE**
20. Marcel PRÉVOST . . . **LA JOLIE SORCIÈRE**
21. Henri BARBUSSE . . . **L’ILLUSION**

Il paraît un volume tous les jeudis.

"Une heure d'oubli..."

LE VOLUME : **0,45**

Une heure d'oubli... est la meilleure marché des collections littéraires françaises. *Une heure d'oubli*... veut vous faire oublier que la vie est chère, et l'oublie, elle-même, en fixant à **0,45** seulement son prix de vente.

Pour neuf sous, *Une heure d'oubli*... publie toutes les semaines, le jeudi, un petit volume composé des pages les plus parfaites (amusantes, émouvantes ou mélancoliques) d'un des plus grands romanciers contemporains.

Chaque volume d'*Une heure d'oubli*... d'un format élégant, léger et pratique, forme un tout — un tout composé tantôt d'un seul, tantôt de plusieurs récits d'un maître.

Paraîtra le jeudi 4 Décembre 1919, le N° 22 :

ANDRÉ THEURIET

de l'Académie Française

LE MARI DE JACQUELINE

Imp. de Vaugirard
H.-L. Motti, direct.
Paris

Nº 99

www.ingramcontent.com/pod-product-compliance
Ingram Content Group UK Ltd.
Pitfield, Milton Keynes, MK11 3LW, UK
UKHW020346250726
13967UKWH00005B/2144